I0667461

MANUEL GIRON

Der Zauber des Paradoxen

Zurich Publishing Platform

Manuel Giron 2021 © Prolitteris
Alle Rechte vorbehalten
www.manuelgiron.ch
Der Zauber des Paradoxen
Zweite Auflage 2021
ISBN 9783905930535
© Zurich Publishing Platform
Buchumschlag © Sophie Keller Girón
www.sophiakellergiron.ch
Erste Auflage 2016
ISBN 978-3-905930-35-1
Editions Latines

Der Autor und Künstler Manuel Giron ist Mitglied von Autorinnen und Autoren der Schweiz (AdS), Schweizerische Genossenschaft für Urheberrechte an Literatur und Kunst, Prolitteris, und Schweizerische Gesellschaft für die Rechte der Urheber musikalischer Werke, SUISA

Einfach für Soluna, Mayahuel und Sophia

«Man weiß nie, wozu man fähig ist, bis man es versucht.»

Charles Dickens

Besonderer Dank geht an diejenigen, die zu diesem Buchprojekt beigetragen haben. Robert Baumgartner, Sophia Keller Girón, Beat Dietschy.

Besonderer Dank für die Übersetzungen an Claudia Wagner, Jacqueline Cossio, Soluna Girón, Klaus Amman, Margrit Käser.

Lektorat Elke Breitenfeldt und Markus Heeb.

INHALT

Vorwort

Pendeln zwischen Welten

«Manuel Giron ist in vielen Künsten und an verschiedenen Orten zu Hause. Er schreibt, malt, arbeitet mit Fotografie, Videos und digitaler Musik. Die Geschichten, die er hier vorlegt, setzen aber auch ein Pendeln zwischen Orten und Weltsichten voraus. Giron ist in der Tat Bürger mehrerer Welten.

Leben in fremder Umgebung schärft Sinne. Es lässt Dramen des Alltages wahrnehmen, die niemand sieht, obwohl sie sich unter den Augen aller abspielen, im Zug oder an der Kasse eines Kinos. Die Geschichten von Manuel Giron sind in diesem Sinne eine Augenschule. Sie spielen mit unserem Blick, unsern Seh-, Hör- oder Lesegewohnheiten, führen uns mitunter geschickt an der Nase herum, um uns schlussendlich über unsere eigenen Wahrnehmungen ins Bild zu setzen. Stimmt das ursprüngliche «für wahr Genommene» nicht mit dem überein, was wir am Ende der Geschichte für wahr halten, so merken wir, dass wir selbst, als Lesende die Geschichte miterschaffen haben. Wir können nicht dem Autor in die Schuhe schieben, was wir selber aus seinen Zeilen herauslesen, obwohl wir natürlich stets geneigt sind, andern anzulasten, was wir selber an Unstimmigkeiten hervorbringen.

Der Autor führt uns aufs Glatteis imaginärer Welten, gewiss. Aber fast immer brechen wir darauf ein und stoßen auf harte Realitäten.

Die Träume, in die uns Manuel Giron mitnimmt, sind erst mit dem Erwachen komplett. Der Wecker ist eingebaut.

Das Erwachen, dem die Personen in den Geschichten entgegenträumen, ist freilich ein paradoxer Vorgang. Denn an der Grenzlinie zwischen Nacht und Tag bleibt manches im Zwielicht.

Manuel Giron arbeitet mit subtilen Mitteln. Nur ganz leicht tippt er die Glasteile im Kaleidoskop alltäglicher Begebenheiten an, und wir erkennen, dass wir uns möglicherweise gerade am äußersten Rand der Verrücktheit herumgetrieben haben. Es braucht wohl ein Pendel zwischen Welten, um das Doppelbödige der eigenen Wirklichkeit zu entdecken. Die Kurzgeschichten Manuel Girons sind eine Einladung. Betreten wir diesen Boden!»

Beat Dietschy

Zwischen Kinosesseln

Ich bin der Erste, der den Kinosaal betritt und den schweigenden Ozean von leeren Kinosesseln bemerkt, der im Halbdunkel des Saales wartet, von Zuschauerinnen und Kinoexperten der Bilderwelt besetzt zu werden. Ich setze mich in der Mitte des Saales, und da ich nichts anderes zu tun habe, beginne ich, die Sitzplätze um mich herum zu zählen: Acht Reihen mit je zehn Sesseln; die Reihen sind von eins bis acht und die Sessel von eins bis zehn nummeriert; im Ganzen gibt es achtzig Sessel, die möglicherweise in den fünfzehn Minuten, die zur Filmvorstellung noch fehlen, besetzt sein werden.

Die Tür öffnet sich und ein junger Mann, etwa zwanzig jährig betritt mit der Kinokarte in der Hand den Saal. Er zieht die Jacke aus und beginnt, etwas mir unbekanntes zwischen den Reihen zu suchen. Ich bringe das erst in Erfahrung, als er neben mir steht und sagt: «Entschuldigen Sie bitte, Sie sitzen auf meinem Platz», und mir mit einem Lächeln auf dem Gesicht seine Eintrittskarte zeigt: Sitznummer fünf, Reihe fünf.

Diese Begebenheit verwirrt mich, denn es stellt sich heraus, dass ich in einem Kino sitze, in dem man den Platz nicht nach Lust und Laune wählen kann, sondern sich nach einem nummerierten Kinosesselsystem zu richten hat. Ich werfe einen Blick um mich, in der Absicht, dem jungen Mann klarzumachen, dass es haufenweise leere Kinosessel gebe und dass er aufhören solle, mich mit seiner Unterordnung ans Nummerierungssystem zu belästigen. Mein Blick ruht auf seinem Gesicht, und ich sehe, dass er weiterhin lächelnd mit seiner Eintrittskarte in der Hand dasteht. «Was machen wir nur?», sage ich zu mir selbst, packe meine Jacke und setze mich auf den folgenden Platz. Er macht es sich bequem, ohne auch nur ein Wort zu sagen, und ich sehe auf seinem Gesicht die Genugtuung, auf dem exakten Platz zu sitzen und sich so sicher zu fühlen.

Ich lege meine Jacke auf die Knie und versuche eine Antwort auf eine so unlogische Anordnung zu finden, doch je mehr ich mich anstrenge, umso weniger finde ich eine. Um mir den Nachmittag nicht verderben zu lassen, beschließe ich, der

Angelegenheit keine Wichtigkeit beizumessen und mache es mir an meinem neuen Platz so bequem wie möglich.

Die Tür öffnet sich wiederum, und zwei Damen erscheinen mit ihren Eintrittskarten in der Hand, auf der Suche nach den entsprechenden Plätzen. Sie machen die Reihe fünf ausfindig und wenden sich an mich: «Entschuldigen Sie, ist dies Platz Nummer vier?», fragt mich die eine. Ich stehe mit einem Satz auf und suche auf der Rückseite des Sessels die Nummer, die sich wirklich als diejenige der Frau herausstellt. Die Frauen lächeln sich an, während sie es sich in den Sesseln drei und vier bequem machen. Ich setze mich auf den sechsten Platz der Reihe, in der Hoffnung, dass niemand mehr komme und mich vertreiben würde. «Jetzt sind wir schon vier, und es fehlen nur noch fünf Minuten zum Vorstellungsbeginn», sage ich mir, bevor ich mich wieder behaglich einrichte. Die Damen beginnen zu plaudern, während der junge Mann in einer Zeitschrift blättert, und ich die sechsundsiebzig leeren Kinosessel betrachte, die uns umgeben.

Die Tür öffnet sich zum dritten Mal, ein älteres Ehepaar tritt ein, die Eintrittskarten in der Hand, auf der Suche nach ihren nummerierten Plätzen. Sie kommen zu unserer Reihe und setzen sich auf die ersten zwei Sessel. Ein Seufzer der Erleichterung entschlüpft mir, denn ich habe mich soeben um ein Haar vor dem nochmaligen Sesselwechseln gerettet. «Drei Minuten noch und niemand wird mich mehr von diesem Ort wegbringen», sage ich zu mir.

Die Tür öffnet sich zum vierten Mal und es erscheinen zwei junge Pärchen mit ihren Kinokarten in der Hand. Es fehlen noch zwei Minuten. Sie schauen einander an und lachen über das, was sie sehen: Eine Menscheninsel aus sechs Personen, mitten in einem Meer leerer Kinosessel. Sie schauen auf ihre Karten und beginnen, schallend zu lachen. Jetzt besteht kein Zweifel mehr, auch sie kommen zur Insel. Wir stehen alle auf, damit die vier jungen Leute zu ihren Plätzen durchgehen und sich setzen können. Das Glück folgt mir, denn ihre Kinosessel entsprechen den Nummern sieben, acht, neun und zehn. Die Reihe fünf ist jetzt vollständig besetzt und die Lichter gehen langsam aus.

Die Lautsprecher erschüttern den Saal mit ihren lauten Tönen und die Leinwand füllt uns die Augen mit Werbung. «Versichern Sie sich, mehrfach versichert zu sein, denn nur eine einzige Versicherung sichert Ihnen gar nichts!». Die jungen Pärchen lachen unbeschwert los, während die Damen mit ihren Blicken der so vernünftigen Empfehlung zustimmen. «Essen Sie ja keine Bananen aus der Dritten Welt, weil sie natürlichen Zucker enthalten, der dick macht! Essen Sie lieber eine gute Tafel Schokolade mit der Garantie, nie dick zu werden, weil sie nach dem uralten Rezept von Schneewittchens Großmütterchen und den vierzig Räubern hergestellt wird». Die Werbung dauert an. Der junge Mann an meiner Seite holt von irgendwoher eine Schokolade in Familiengröße hervor, beginnt sie wie eine Banane zu schälen und lässt sie in seinem Mund verschwinden. Die älteren Leute in den ersten zwei Sesseln schlafen schon, und ihr Schnarchen vermischt sich mit dem Schreien der Werbung, die uns zu beeinflussen versucht. «Irren Sie sich niemals, denn...».

Die Tür öffnet sich, und das Licht einer Lampe mit zwei

Schatten tritt ein. Das Licht fegt über den Saal hinweg, blendet alle für kurze Augenblicke und bleibt genau in unserer schon vollständigen Reihe stehen. Die Schatten bewegen sich in unsere Richtung, und ich beginne, Schlimmes zu ahnen. Sie bleiben stehen und sprechen leise. Der Schatten mit der Lampe überprüft die Nummerierung der Sessel und flüstert mir ins Ohr, ich solle meine Eintrittskarte zeigen. Ich antworte ihm, dass ich sie nicht mehr hätte, weil ich sie vor dem Eintreten in den Abfalleimer geworfen hätte. Daraufhin bittet er mich, aufzustehen und ihn zu begleiten, da ich am falschen Ort säße. Ich bitte um Verzeihung und verlasse den Sessel. «...bevor Sie einen falschen Schritt machen, fragen Sie uns um Rat und Sie werden sehen, dass Sie sich niemals mehr irren», höre ich die Stimme der Werbung, bevor ich den Saal verlasse.

Der Kerl mit der Lampe und ich machen uns auf die Suche nach der Eintrittskarte, doch es stellt sich heraus, dass der Abfalleimer bereits geleert wurde und sich meine Kinokarte schon auf dem Weg zum Recycling befindet. Der Kerl schaut mich an, wie wenn ich der meist gesuchte Verbrecher des

Kontinents wäre und fordert mich auf, ihn zur Kasse zu begleiten, um zu beweisen, dass ich wahrhaftig eine Eintrittskarte gekauft hätte. Wir steigen die Wendeltreppe hinunter, ohne ein einziges Wort zu sagen und gelangen ins Erdgeschoss, wo sich die Kasse befindet. Die Glaskabine, in der die Eintrittskarten verkauft werden, ist mit dem Schlüssel abgeschlossen und niemand weiß, ob die verantwortliche Person noch da oder bereits nach Hause gegangen ist. Der Kerl mit der Lampe dreht sich um und beginnt, sie im Gebäude zu suchen, während ich ungeduldig werde. Er kehrt zurück und sagt mir, dass er die Verkäuferin nirgends gefunden habe und ich deshalb den Film nicht anschauen könne. Ich schaue ihm in die Augen und sage ihm, dass es mir völlig gleich sei, wo die Verkäuferin stecke und fordere ihn auf, mir das Geld der Eintrittskarte zurückzuerstatten. Er schaut mir auch in die Augen und sagt, dass er mir nichts zurückzahlen werde, weil ich sicherlich ohne zu zahlen ins Kino gekommen sei und das einzige, was ich tun könne, sei zu verschwinden, bevor er die Polizei benachrichtige. Daraufhin explodiere ich und schreie ihm zu: «Rufen Sie sie nur!».

Der Kerl dreht sich um und macht sich auf den Weg zum Telefon bei der Kasse. Er versucht, den Arm durch die Öffnung beim Kartenschalter zu zwängen, um das Telefon zu erreichen, aber es wird ihm sofort bewusst, dass die Öffnung zu klein ist für den Arm und das Risiko zu groß, stecken zu bleiben. Er kehrt zurück und sagt mir, dass ich dankbar sein könne, dass die Kabine geschlossen sei, weil ich sonst schon auf dem Polizeiposten stünde und Erklärungen über meinen Gesetzes widrigen Eintritt in den Kinosaal abgäbe. Ich nähere mich und sage ihm, dass er sie rufen solle, wenn ihn das glücklich mache, aber dass ich nicht daran dächte, mich vom Fleck zu rühren, ohne vorher mein Geld zurückbekommen zu haben. Der Kerl, jetzt schon erzürnt, macht kehrt und steuert auf die Glaskabine zu. Er streckt die Hand durch, dann das Handgelenk, den Vorderarm und den Ellbogen, bis er erschreckt entdeckt, dass sein Unterfangen schlicht unmöglich ist und er in der eigenen Falle sitzt. Er schaut zu mir wie jemand, der fragt: «Und was zum Teufel mach ich jetzt bloß?». Ich nähere mich und sage ihm, dass er sich beruhigen und entspannen solle. Das sei das Beste, das er unter solchen Umständen tun könne.

Ich gehe zum Kino hinaus und suche ein öffentliches Telefon, in der Absicht, die Feuerwehr anzurufen, da ich glaube, dass sie solch schwierige Angelegenheiten am besten zu meistern wissen. Ich eile Richtung Stadtzentrum, rufe von der Telefonkabine im Kellergeschoss des Restaurants «Los Tres Amigos», die Feuerwehr an und berichte vom schwierigen Moment, den der Platzanweiser des nummerierten Kinosaals durchleidet.

Wieder draußen auf der Straße, höre ich nach einigen Minuten von weitem das Heulen der Feuerwehrsirenen, die sicherlich in schneller Fahrt Richtung Kino steuern.

Ich atme tief durch, um meine gewohnte Ruhe zurück zugewinnen und meine Lungen füllen sich mit dem frischen Lüftchen, das Schnee für morgen früh voraussagt.

Der Duft aus der mexikanischen Küche steigt mir in die Nase und ich beschließe, mit einem guten Teller gebeizter Schweinskoteletten und einem oder zwei großen Tequilaschnäpsen, ein für allemal mein erstes Filmkapitel in fernen Landen abzuschließen.

Ich betrete das Restaurant, steure direkt auf die Bar zu und frage die Rothaarige, die vorgibt, eine Mexikanerin zu sein, ob sie mir einen Tequilaschnaps serviere. Sie schaut mich an und fragt, ob ich einen Platz reserviert hätte, da alle Tische schon besetzt seien. «Nein», antworte ich, «denn ich je denke an der Bar zu bleiben». «Ah!» ruft sie aus und dreht sich um. Die Musik der Mariachis tönt aus der Musikbox und erfüllt mich mit Erinnerungen. «Wie heißen Sie?», höre ich in meinem Rücken. «Pancho Villalobos, warum?». «Weil man für das Sitzen an der Bar ebenfalls eine Reservation benötigt und Ihr Name nicht auf der Reservationsliste steht», sagt mir die Scheinmexikanerin. Ich drehe mich um und schaue ihr in die Augen, auf der Suche nach einer Erklärung, die mir helfen könnte, soviel Reservation zu verstehen, aber ihre Augen sagen mir nichts.

Die Musik der Mariachis steigt im Ton, und ich höre ganz deutlich: «Wenn Adelita mit einem andern gehen würde, folgte ich ihr übers Land und übers Meer, übers Meer in einem

Kriegsschiff, übers Land in einem Militärzug».

Und als das bisschen Vernunft, das mir noch bleibt, den Punkt erreicht, um in tausend Stücke zu zerbrechen, spüre ich eine Hand auf meiner Schulter, die mich schüttelt und augenblicklich öffne ich die Augen. Es ist der Kerl mit der Lampe, der mir zu verstehen gibt, den Kinosaal zu verlassen, da die Vorstellung vorüber sei.

Ich ziehe meinen Wintermantel über und gehe hinaus, auf der Suche nach einem neuen Abenteuer.

Herzlich willkommen im Paradies

Es war schon lange her, dass ich das letzte Mal mit meiner Freundin geschlafen hatte. Irgendetwas sprach immer dagegen. Manchmal war sie zu müde oder litt unter Kopfschmerzen. Sie hatte ihre Regel oder einfach keine Lust. Und ich musste wie ein Hochgeschwindigkeitszug meine Lust unterdrücken, auf ihr einen tüchtigen Ritt zu machen. Aber da lief nichts. Wie eine Stierkämpferin reizte sie mich, um mir dann geschickt auszuweichen, bis eines Tages eine Frau, deren Anblick allein schon die reinste Wollust in mir auslöste, an der Bushaltestelle dicht an mich herantrat, um mich nach der Uhrzeit zu fragen. Das war der Anfang vom Ende, denn von diesem Tag an waren Esperanza und ich unzertrennlich. Ihre Haut hatte die Farbe von Milchkaffee und schmeckte noch süßer als Schokolade. Jede Faser dieser Frau strahlte Erotik aus, und mit nur wenigen Worten machte sie mich geiler als einen räudigen Hund. Sie machte Liebe nach Lust und Laune. Sie bewegte sich auf und ab, als würde sie über Hügel galoppieren; wenn sie sah, dass mein Blick starr wurde, hielt sie inne, um ihre Augen zum Horizont schweifen zu lassen. Sie lachte laut auf und ließ sich von dem Galopp über eine unsichtbare Weide mitreißen; man hatte das Gefühl, die Welt stünde kurz vor dem Untergang, denn sie begann aus vollem Halse zu schreien und wölbte sich vor und zurück. Beim Tanz auf ihren Hüften, von der einen Seite auf die andere, auf und nieder, flüsterte sie mir ins Ohr: «Du machst mich ganz verrückt!».

Eines heißen Augustnachmittags befanden wir uns gerade auf einem dieser Ritte, als ich plötzlich und ohne Vorankündigung einen Schmerz in meiner Brust spürte, der nach und nach bis in meinen linken Arm drang. Als ich Esperanza sagen wollte, sie solle aufhören, wurde alles um mich herum dunkel. Es war stockdunkel, bis schließlich in der Ferne ein kleiner Lichtpunkt, etwa so wie ein Glühwürmchen erschien, und ich dachte, dass es sich um einen dieser typischen Stromausfälle in der Altstadt Havannas handle. Es war aber kein Stromausfall, denn der Lichtpunkt wurde immer grösser, so dass ich meine Augen schließen musste, um nicht geblendet zu werden;

ich öffnete sie erst wieder, als eine Stimme zu mir sprach: «Herzlich willkommen im Paradies».

Ich war tot, mausetot, wie mir der zwei Meter große Riesenengel mit der Statur von Sylvester Stallone bestätigte und mich ansah wie der Pfarrer, von dem ich meine Erstkommunion empfangen hatte.

«Ist er vielleicht mein Schutzengel oder Esperanzas Partner?», war die erste Frage, die mir in den Sinn kam. Denn wenn dieser ganz in Weiß gekleidete Schrank Esperanzas Freund war, konnte ich mich gleich als doppelt tot betrachten. Das war er aber nicht, da er mich liebevoll ansah, fast schon so, als ob ich ihm gefiele.

Wer hätte gedacht, dass ich in einem der wonnevollsten Augenblicke meines Lebens ins Paradies berufen würde? Denn als das, was man unter einem guten Menschen versteht, kann ich mich nicht betrachten.

Sünden habe ich viele und aller Art auf mich geladen. Und nun, Hand in Hand mit dem riesigen Engel, der mich dorthin führt, wo mein Zuhause sein wird, scheint es mir, als sei alles, was ich bisher erlebt habe, nur ein Traum gewesen.

«Dies wird dein neues Zuhause sein», meint der Riesenengel und zeigt dabei auf eine große Villa im Stil des Weißen Hauses. Wir treten ein, und er zeigt mir eine ganze Reihe von möblierten Zimmern, einen hochmodernen Wohnraum mit einem Breitbild-Plasmafernseher und Lautsprechern in jeder Ecke. Auch eine Playstation, einen iPod und noch viele, viele Dinge mehr gibt es dort, von denen ich ehrlich gesagt gar nicht weiß, wozu sie dienen.

Wir gehen in einen Innenhof voller Gärten und Vögel, in dessen Mitte sich ein sirenenförmiger Pool befindet; das Wasser darin ist kristallklar.

«Ich werde jeden Morgen kommen, um dich zu wecken, und du kannst dir von mir wünschen, was du möchtest», sagt der Riesenengel, während er mir ein Handtuch reicht. «Rieche ich etwa unangenehm oder möchte er mich nackt sehen?», frage ich mich. Denn auf eine kurze Erfrischung habe ich jetzt keine Lust, obwohl das Wasser im Schwimmbecken eigentlich köstlich aussieht. Er dreht sich um und lässt mich allein.

Ich entkleide mich und schwimme mehrere Stunden im Licht des Mondscheins. Danach gehe ich ins Esszimmer und finde einen mit Speisen überladenen Tisch vor, auf dem es wirklich von fast allem etwas gibt. Ich esse, während im Hintergrund Klaviermusik von Rubén González ertönt und nach einer halben Flasche Rotwein gehe ich zu Bett. Ich schlafe so gut wie schon lange nicht mehr.

Als ich aufwache, zwitschern die Vögel und die Sonne scheint durch die Fenster herein. «Wie schön ist es, nicht arbeiten gehen zu müssen», sage ich mir, während ich mich erneut in die Decke wickle, um mich genießerisch der Trägheit hinzugeben, ohne zu bemerken, dass der Engel mich von der Zimmerecke aus beobachtet.

«Guten Morgen, das Frühstück ist fertig», sagt er.

Ich erwidere das, Guten Morgen, und stehe widerwillig auf. «Nach dem Frühstück zeige ich dir die anderen Teile des Hauses», meint er, während er das Zimmer verlässt.

Eine Stunde später führt er mich auf eine Terrasse, von der man auf das Meer blicken kann, das in den blauen Himmel übergeht. Er zeigt mir die Orangenbäume, die sich bis zum Horizont erstrecken und die seinen Worten nach mein

Eigentum sind. «Verdammt noch mal, ich bin von heute auf morgen zum Grossgrundbesitzer geworden», denke ich, während sich mein Blick in der Landschaft verliert.

Die Möbelstücke in den Zimmern sind alle aus Edelhölzern angefertigt und auf harmonische Weise angeordnet. Es hängt kein Bild zu viel und keins zu wenig an der Wand. Die Fenster sind groß, und das Licht kann überall hereinströmen. Es gibt einen Raum mit mehreren Regalen voller Bücher, von denen ich nicht weiß, wann ich sie lesen soll, denn sehr lesebegeistert bin ich nicht; da es aber so scheint, als würde ich hier eine Ewigkeit verbringen, bekomme ich plötzlich Lust. Hinter dem Haus befindet sich ein wunderschöner, von einem gewissen Jorge Chaclan entworfener Weinkeller voller erlesener Tropfen. Es sieht also so aus, als hätte ich den Jackpot geknackt, denn viele der Dinge hier übersteigen mein Vorstellungsvermögen.

«Würdest du gerne vor dem Mittagessen eine Spazierfahrt in einem deiner Ferraris machen?», fragt mich der Engel.

«Autos interessieren mich nicht», antworte ich ihm.

«Wie bitte? Autos interessieren dich nicht? Aber fast alle, die hier ins Paradies kommen, fuhren früher schneller als der Blitz».

«Wie du schon sagtest: Fuhren!».

«Wenn du also keine Autos magst, können wir in einem deiner Segelschiffe einen Turn durch dieses herrliche blaue Meer machen».

«Könnten wir, aber nicht heute».

«Aber irgendetwas müssen wir unternehmen, denn wir werden doch nicht den ganzen Vormittag zu Hause bleiben und von der Terrasse aus das Meer und die Orangenbäume betrachten?».

«Dieser Riesenengel ist doch wirklich etwas neurotisch», denke ich da für mich.

Wenn er wüsste, dass ich es hasse, von einem Ort zum anderen zu hechten und die gestressten Leute nicht ertragen kann, die nicht wissen, was sie mit ihrer Freizeit anfangen sollen. Diese Leute, die nichts anderes zu sagen wissen als: «Ich habe keine Zeit!».

«Ich habe keine Zeit!», als wäre die Zeit eine Sache und nicht eine vom menschlichen Gehirn geschaffene Abstraktion.

«Ich habe keine Zeit!», bedeutet zuzugeben, dass unsere eigene Erfindung mit uns macht, was sie will.

«Machen wir Fort- oder Rückschritte?», frage ich mich jedes Mal, wenn ich diesen Ausdruck des Scheiterns höre.

«Eine weitere Möglichkeit wäre, über diese Hügel zu reiten, die du dort zu deiner Rechten siehst», schlägt der Riesenengel vor, ohne sich daran zu stören, dass er meine Überlegungen unterbricht.

«Was hat dieser Typ nur für einen Unternehmensdrang», denke ich, während ich mich auf den Fersen umdrehe und mich ihm zuwende.

«Jetzt hör mir mal gut zu! Als ich hier an diesen Ort kam, sagtest du mir, deine Aufgabe bestehe darin, meine Wünsche zu erfüllen. Habe ich das richtig verstanden oder liege ich da falsch?».

«Du hast richtig verstanden, ich bin hier, um deine Wünsche zu erfüllen», antwortet er mir.

«Warum beruhigst du dich dann nicht etwas und lässt mich entscheiden, was ich gerne machen möchte. Denn bisher mache ich, was du möchtest und nicht das, was ich gerne tun würde. Verstehst du, was ich meine?».

«Du hast Recht. Ich bitte dich vielmals um Verzeihung. Ich habe meine Pflicht wohl etwas zu ernst genommen», antwortet er mir.

«Sehr schön. Dann beginnen wir noch einmal von vorne».

Ich hätte gerne Jennifer López hier zum Abendessen, denn ich bin, solltest du es noch nicht bemerkt haben, seit gestern Abend einsamer als der Lone Ranger und habe das Bedürfnis, mich an den Kurven einer Frau zu erquicken, um mich nicht vollkommen tot zu fühlen.

«Einverstanden», meint er mit einem Grinsen, das von einem Ohr bis zum anderen reicht.

Nicht übel! Mir scheint, als würde es im Paradies besser laufen als auf Erden, wo Länder durch internationale Unternehmen ersetzt werden, die aus Flaggen Werbeannoncen machen, in denen empfohlen wird zu arbeiten, um zu konsumieren und zu konsumieren, um zu arbeiten», denke ich, während ich eines der weißen Bücher auf dem Tisch zur Hand nehme und an einer beliebigen Stelle zu lesen beginne:

Die Industrie richtet auf dem ganzen Planeten enormen ökologischen Schaden an. Durch Umweltverschmutzung werden Meere, Seen, Flüsse, Wälder zerstört, und sie droht die gesamte menschliche Spezies auszurotten.

Staats- und Gruppenterrorismus befinden sich in rapidem Aufschwung, und in einem ruhigen Dorf oder an einem Bahnhof von einem Sprengsatz zerfetzt zu werden, ist bereits Teil des Fernsehprogramms geworden.

Reiche Länder, die das Kapital der armen Länder anhäufen und verwahren, verbarrikadieren sich mit Stacheldrähten und Mauern aus Angst vor dem Einfall der Randgruppen, die eine undichte Stelle an ihren Grenzen suchen.

Machen wir Fort- oder Rückschritte?

Die Gewalt gegen Frauen ist ein Virus, das sich auf dem ganzen Planeten verbreitet, angetrieben durch die Frustration feiger Subjekte, denen die Wärme des Mutterleibs abhanden gekommen ist. Waffenhändler, die Kriege in armen Ländern auslösen, treiben ihre Geschäfte im Einverständnis mit der

Kriegsindustrie und waschen ihre Hände in Unschuld.

Machen wir Fort- oder Rückschritte?

Die Korruption, die das weltweite Finanzsystem unterwandert, verwandelt schmutziges in sauberes Geld und ist Teil des Schauspiels, das die Magier der Finanzen in ihren Programmen darbieten.

Der Schmuggel von Menschen, die vor Hungersnot und Armut fliehen, nimmt zu, ebenso wie die Träume jener Besitzlosen mehr werden, die nicht wissen, dass die Geier nur am Aas interessiert sind.

Machen wir Fort- oder Rückschritte?»

Im Buch sind weder Autor, noch Verlag, noch ISBN angegeben. Sicherlich wurde das Buch von einem Heckenschützen geschrieben, der nicht mit Kugeln geizte. Es ist ein gutes Buch.

Ich stelle es an seinen Platz zurück und mache mich auf den Weg zu den Orangenpflanzungen in der Absicht, den Nachmittag im süßen Duft der Orangenbäume zu genießen.

Um Punkt acht Uhr höre ich Schritte hinter mir. Ich drehe

mich um und sehe Jennifer López in einem engen Minirock, live und in Farbe. Leicht hüftschwingend kommt sie auf mich zu. Schon allein der Anblick, während sie sich nähert, lässt mir das Wasser im Mund zusammenlaufen, und als ihre Lippen auf meine treffen, weiß ich nicht einmal mehr, wie ich heiße. Eng aneinander geschmiegt reißen wir uns die Kleider vom Leibe, bis wir ganz nackt sind. Teller, Gläser und Flaschen gehen zu Bruch, während wir uns auf dem Tisch lieben. Auf dem Wohnzimmersessel geht es weiter, und nach einem Abstecher im Schwimmbad landen wir in meinem Schlafzimmer. Dort setzen wir die Positionen des Kamasutra um und treiben es in den zwanzig Kung-Fu-Stellungen, die ich in meiner Jugend gelernt hatte. Wir lieben uns wie zwei Wilde, ohne uns auch nur eine Verschnaufpause zu gönnen. Erstaunlicherweise werden wir beide nicht müde, sondern fühlen uns munter wie Fische im Wasser. Ich bin froh, nicht das berühmte Viagra zu benötigen, um unserem unbändigen Treiben, das wohl die ganze Nacht andauern wird, gewachsen zu sein.

Bei Tagesanbruch fühlen wir uns genauso wie am Abend

zuvor: grenzenlos potent und kein bisschen erschöpft. Wir lieben uns ausgelassen wie zwei Verrückte und hätten wahrscheinlich bis zum Sankt Nimmerleinstag miteinander geschlafen, hätte ich da am Fenster gegenüber nicht den Engel gesehen, der sicherlich gekommen war, um mir einen neuen Wunsch zu erfüllen.

Drei Monate lang schlief ich jede Nach mit einer anderen Frau. Models, Schauspielerinnen und Sängerinnen wechselten sich ab in meinem Bett, bis ich genug hatte und beschloss diesem Fest ein Ende zu setzen.

«Vergiss von nun an diese hübschen Püppchen, die nachts kommen und tagsüber wieder gehen. Ich möchte Freunde, mit denen ich mich unterhalten kann, und zu denen ich eine Beziehung aufbauen kann, die nicht nur eine Nacht voller Küsse, Seufzer und Schreie andauert. Ich möchte Freundschaften», befehle ich dem Engel.

«In Ordnung. Ich werde ein Fest mit vielen Gästen organisieren, damit sie dich kennen lernen und du Freundschaften schliessen kannst», antwortet er mir, während er den Raum verlässt.

Am folgenden Tag bringt mich ein schwarzer Mercedes Benz zu einem Gebäudekomplex aus Glas, das von Franz Gehry, dem Architekturgenie entworfen scheint, und wo ich von einer Gruppe elegant gekleideter Leute empfangen werde, die mich ans Publikum der Klavierkonzerte im Hotel Nacional von Havanna erinnern. Während ich die bereitgestellten Weine und Liköre degustiere, spreche ich viel über Literatur und Malerei. Ein Kellner bietet mir Tapas aus Schweizer Käse mit Peperoni an, die himmlisch schmecken. Endlich habe ich Freunde gefunden, mit denen ich mich unterhalten und trinken kann, ohne die Nase zu tief ins Glas zu stecken und skandalös zu werden. Wir sind eine grosse Familie von Fremden, die sich kennen lernen.

Eine Woche später erwähnt der Engel während des Frühstücks, dass der große Vorteil des Paradieses darin bestehe, dass alle Wünsche Realität werden können. Dabei nützt er meine gute Laune und fragt mich nach einem neuen Wunsch.

«Ich möchte nicht bestreiten, dass ich glücklich bin», sage ich zu dem Engel, während ich den Zucker in meiner Orangeade verrühre.

Er lächelt und meint, der große Vorteil am Paradies sei, dass dort alle Wünsche Realität werden können und in Anbetracht meiner guten Laune fragt er mich nach meinem nächsten Wunsch.

Ich lächle ihn an und sage, mein neuer Wunsch werde ihn bestimmt verwundern, ich hoffte aber, er würde ihn nicht falsch auffassen. Ich erkläre ihm, dass ich genug davon hätte, mir unnötige Dinge zu wünschen, die das Haus in eine Müllhalde verwandeln. Konsumieren nur um des Konsumierens Willen sei verrückt, und ich wolle mir nichts weiteres wünschen.

«Wer keine Wünsche hat, konsumiert auch nicht, und wer nicht konsumiert, hat im Paradies nichts verloren», antwortet er mir.

«Dann sag mir, auf welchem Weg ich das Paradies verlassen kann, und ich werde gehen», entgegne ich.

«Du bist gestorben und hättest irgendwo anders landen können, aber du bist ins Paradies gekommen und um hier bleiben zu können, muss man lediglich Wünsche haben. Ist das vielleicht zu viel verlangt?», erwidert er in einem Tonfall, der den bevorstehenden Streit erahnen lässt und den ich hinnehme, denn ich habe genug davon, ihn als meinen Leibwächter zu wissen.

«Weißt du was? Kurz dachte ich, hier wäre ich besser aufgehoben als dort, aber nun sehe ich ganz deutlich, dass dies nicht der Fall ist, denn das Paradies scheint mir wie ein großer Supermarkt, der keinerlei Emotionen in mir auslöst», erkläre ich ihm streitlustig.

«Ich werde dir zeigen, was Emotion bedeutet», entgegnet er wütend. Und ehe ich mich versah, reißt er sich die weiße Tunika vom Leib und steht vollkommen nackt vor mir.

Der Riesenengel hat keine Geschlechtsteile, aber große Lust mir den Schädel einzuschlagen.

Dem ersten Fausthieb kann ich ausweichen, dem zweiten jedoch nicht mehr. Ich fühle einen Schmerz, der am Mageneingang beginnt; als er meine Brust erreicht, sehe ich Esperanza, die über eine unsichtbare Wiese reitet. Auf und nieder, ganz nach Lust und Laune. Sie wölbte sich vor und zurück. Und noch bevor ich auf dem Boden lande, weiß ich, dass sich der Engel täuscht, denn sein Paradies ist nicht nur konsumgesteuert, sondern auch noch künstlich.

Ich schlage die Augen auf und sehe Esperanza neben einem weiß gekleideten Mann, der gut der Riesenengel sein könnte, es aber nicht ist, denn er ist nicht so groß und trägt außerdem eine Brille.

«Mein Liebling, du bist von den Toten auferstanden!», ruft sie ergriffen. Und ich erkenne in ihren Augen mein wahres Paradies.

Kleine Perfektion

Ich saß gerade auf der Toilette und verrichtete mein Geschäft, als ein metallisches Geräusch meine morgendliche Grübelei für einen kurzen Moment unterbrach. Bevor ich überlegen konnte, was es sein könnte, klingelte das Telefon. Also zog ich die Wasserspüle und machte mich daran, den Anruf entgegenzunehmen.

Zwei Stunden später ging ich nochmals auf die Toilette und fand auf dem Boden der WC- Schüssel eine kleine Mutter. Wie sich herausstellte, war sie aus nichtrostendem Stahl. Das machte mich nachdenklich und ich fragte mich, wie sie wohl dahin gekommen war.

Es verging eine Woche, bis ich das komische Geräusch wieder hörte. Dieses Mal spülte ich unverzüglich, doch zu meinem Erstaunen sah ich auf dem Boden der WC-Schüssel eine kleine Schraube, ebenfalls aus nichtrostendem Stahl. Die Alarmglocken schrillten in meinem Kopf. Was war hier los? Wie kam es, dass ich Schrauben und Muttern ausschied, als wäre ich ein Roboter?

Ich rief das Krankenhaus an und bat um einen baldmöglichen Termin, da ich befürchtete, noch vor meinem sechzigsten Lebensjahr auseinanderzufallen, noch ehe ich das Rentenalter erreicht hätte. «Geben Sie mir für morgen einen Termin, oder ich rufe einen Automechaniker an!», fauchte ich die Telefonistin an.

«Machen Sie sich keine Sorgen», beschwichtigte mich der Arzt. «Es ist alles in bester Ordnung. Einige Körperteile haben Ähnlichkeit mit Autoteilen: Sie werden lockerer und fallen manchmal ab, aber in Ihrem Falle müssen sie nichts befürchten».

«Was meinen Sie mit, ich hätte nichts zu befürchten?», rief ich entgeistert. «Und was ist mit der Schraube und der Mutter, die ich auf der Toilette gefunden habe? Entspringen sie meiner Fantasie? Herr Doktor, bitte sagen Sie mir: Bin ich ein Roboter?».

Der Arzt nahm sein Rezeptheft und kritzelte etwas hinein. Er legte seine Brille ab und machte sich in aller Ruhe daran, die Brillengläser zu reinigen. Nachdem er es sich auf seinem braunen Ledersessel bequem gemacht hatte, begann er:

«Nun, vor vielen Jahren, wenn ich Ihrer Krankengeschichte in dieser Akte Glaube schenken darf, hatten Sie einen sehr schweren Autounfall. Sie fuhren mit großer Geschwindigkeit auf der Gegenfahrbahn und hatten eine Frontalkollision mit einem entgegenkommenden Lastwagen. Ihr Auto glich einer Sardinenbüchse, die von einer Straßenwalze platt gemacht wurde. Sie haben wie durch ein Wunder überlebt, verloren aber für länger als ein Jahr das Bewusstsein, das heißt, Sie befanden sich in einem tiefen Koma. Als Sie schließlich das Krankenhaus verließen, erinnerten Sie sich an nichts mehr: weder an den Unfall noch an Ihre Identität. Gemeinsam mit den Ärzten beschloss Ihre Unfallversicherung, Sie in eine Klinik für unheilbar Kranke einzuweisen. Nun ja, es bestand wirklich keinerlei Hoffnung mehr für Sie.

Doch als man die Hoffnung schon aufgegeben hatte, erlangten Sie wieder die Erinnerung und merkten, dass etwas nicht stimmte».

«Die Muttern!», entgegnete ich.

«Nein, das war es nicht. Lassen Sie mich bitte fortfahren»,

antwortete der Arzt.

«Sie erinnerten sich plötzlich daran, dass Ihre Lebensversicherung im Falle eines Unfalls bereit war, Sie wieder Stück für Stück zusammenzubauen. Es versteht sich von selbst, dass zu jener Zeit nicht viel von Ihnen übrig geblieben war. Die Versicherungsgesellschaft ließ Sie nach Houston fliegen, wo ein internationales Expertenteam aus Ärzten und Forschern versuchte, Sie wieder herzustellen.

Ich muss zugeben, dass diese Leute hervorragende Arbeit geleistet haben. Sie zusammenzuflicken war fast ein Ding der Unmöglichkeit! Man kann es mit der Arbeit eines Künstlers vergleichen, der an einer riesigen Skulptur arbeitet. Neun lange Monate voller Arbeit, Feilerei und Korrekturen machten das technische Wunder möglich. Sie sind von Kopf bis Fuß ein durch und durch.........sagen wir......neuer Mensch.

Der Mensch der Zukunft, der länger als hundert Jahre, nein sagen wir zweihundert Jahre bestehen wird. Denn alles an Ihnen ist reparierbar, und mit einer guten Wartung lässt es sich sehr lange leben».

«Nun, Herr Doktor, heißt das, ich setze mich praktisch aus Schrauben und Muttern zusammen?».

«Nein, erschrecken Sie nicht! Sehen sie, alles ist relativ. Das Leben besteht aus vielen Farbnuancen, die leider für viele Menschen unsichtbar sind.

Diese Menschen haben eine beschränkte Sicht der Welt und sehen alles bloß in schwarz oder weiß. Für viele sind es gegensätzliche Farben, für wenige aber sind sie komplementär. Sie hingegen sind ein hybrides Produkt, das aus der Natur und der Hightechnik entwickelt wurde».

«Sie meinen ein moderner Frankenstein? Ein Roboter, ein Abbild des Mannes in der Genesis, der den verbotenen Apfel aß, ohne den Big Boss um Erlaubnis zu fragen?».

«Nein, Sie sind weder das eine noch das andere. Sie sind etwas Spezielles. Ich würde sagen, dass Sie der Mensch sind, von alle den politischen und sozialen Utopien gehandelt haben: der Mensch, der zwar zerdrückt aber nicht zerstört werden kann, der Mensch, der wie der Phönix aus der eigenen Asche wiedergeboren wird und los fliegt, um das göttliche

Feuer zu suchen.

Sie bestehen nicht bloß aus Schrauben und Muttern, mein ehrenwerter Freund, viel mehr verkörpern Sie die Hoffnung für uns alle».

Ich weiß nicht, ob die Hoffnung existiert oder ob sie nur von kurzer Dauer ist. Denn im darauffolgenden Monat verlor ich schon wieder einige Muttern und Schrauben. Ich rief beim Arzt an, doch der machte Urlaub in Miami, also behandelte mich eine gutaussehende Ärztin, die mich für einen kurzen Moment vergessen ließ, warum ich schon wieder im Krankenhaus war. Ihre Spezialität war die Nanochirurgie, und sie hatte einen Master in Neurochip. Ihr Vater war Jude und ihre Mutter Deutsche, eine sehr interessante Mischung.

Wir sprachen ein wenig über das übliche bei dieser Art von Terminen, und nach einer Viertelstunde bat sie mich auf einem Krankenbett Platz zu nehmen, damit sie mich untersuchen könne. Eine Assistentin kam herein, die mir eine Flüssigkeit spritzte, die mich in einen erholsamen Schlaf fallen ließ.

Ich träumte, dass eines Tages alle Menschen in Frieden leben würden, aber schnell verwarf ich diesen Traum, denn das Leben besteht aus Aufbau und Zerstörung, und der Frieden ist zwar möglich, aber keiner kann sagen, wie lange er anhalten kann. Ich möchte nicht negativ sein, aber die historischen, menschlichen und kosmogonischen Ereignisse sagen mir, dass die Gewalt ein eng verknüpfter Bestandteil unserer Existenz ist, und dass Selbstkastration nicht die beste Lösung ist.

Vielleicht wäre es besser den Grad der Gewalt zu mäßigen, aber ich bin mir nicht sicher.

Ich habe den Atompilz gesehen, der Hiroshima und Nagasaki zerstört hat und die Menschen, die mit Napalm in den Wäldern von Vietnam verbrannt worden sind. Die erbarmungslose Unterdrückung durch die Armee in Lateinamerika und die Stammesmassaker in Afrika. Die europäischen und asiatischen Kriege. Gibt es einen Ort auf diesem Planeten, in dem es vor Radio und Fernsehen noch keinen Krieg gegeben hat?

Das Aufblitzen eines Lichtes unterbrach meinen Traum.

Ich hörte Stimmen in der Ferne. RAM, binäres System, virtueller Speicher, Megabytes, Festplatte, Internet. Unverständliche Worte, die sich in ihrer Unordnung in der Luft wie Rauchspiralen auflösten.

«Die Neurotransmitter funktionieren nicht mehr», sagte die Ärztin.

«Die Neurotransmitter funktionieren nicht mehr», wiederholte ich. Wie ein Echo ihrer Stimme.

«Wir müssen wohl die Serotonin und Dopamin Dosis verdoppeln», sagte eine männliche Stimme.

«Ich weiß nicht. Glaubst du, dass wir das Experiment noch weiterführen können?», fragte die Ärztin.

«Das Experiment weiterführen?», wieder- holte ich für mich selbst. «Welches Experiment?».

«Ich bin mir auch nicht sicher, aber ich glaube, wir müssen weitermachen, denn es wurde viel Geld in dieses Projekt investiert, und ich befürchte, es führt kein Weg zurück».

Ich hörte ein Klick und blieb in vollständiger Stille.

Als ich erwachte, war ich mir nicht sicher, ob ich das alles nur geträumt hatte oder ob es das Produkt einer unkontrollierbaren Phantasie war.

Die gutaussehende Ärztin erklärte mir, dass sie mich in den Tiefschlaf versetzt habe, damit mein ganzes System entspannen und die Metallteile in meinem Körper sich automatisch anpassen könnten.

Sie hatte auch den Nanochips modifiziert, der sich in meiner Wirbelsäule befindet, damit dieser die Fehleinstellung verhindert, durch das Verlieren von Muttern und Schrauben ausgelöst wurde. Und dass ich mir keine Sorgen machen brauche, denn alles sei in Ordnung.

Sie reichte mir ihre warme Hand, um sich zu verabschieden und wünschte mir ein schönes Wochenende.

In dieser Nacht träumte ich von der hübschen Ärztin und überlebte das Wochenende ohne größere Zwischenfälle.

Aber eine Woche später passierte etwas, das ich mir nie hätte vorstellen können, und manchmal schäme ich mich, darüber in der Öffentlichkeit zu sprechen. Als ich das Ersatzrad vom Auto wechselte, lösten sich von meiner

rechten Hand zwei Finger. Der Daumen und der Ringfinger.
Ich geriet in Panik.

Der Arzt war immer noch in Miami, und die Ärztin hatte an dem Tag frei. Also bekam ich einen Termin bei einem großen muskulösen Arzt, der wie ein Mechaniker aussah. «Jetzt sieht es so aus, als würde ich die Wahrheit erfahren», sagte ich zu mir. Ein kleines bisschen Wahrheit reicht mir, um wieder jemand zu werden.

Der Arzt las den Befund und schaute mich besorgt an. Er bat mich, auf das Krankenbett zu liegen und drehte mich in die Fötus Stellung. Er legte sich neben mich und umarmte von hinten meine Beine und meine Brust. «Ganz ruhig», sagte er. «Ich werde auf Ihren Körper ein wenig Druck ausüben, damit einige Teile wieder zusammengepasst werden». Ich hörte einige Geräusche, die so ähnlich klangen wie bei einer Waschmaschine, die nicht mehr richtig funktioniert. Nach einigen Augenblicken ließ er mich wieder vorsichtig los. Er bat mich, meinen Körper zu strecken und für einen Moment zu entspannen, bevor ich vom Krankenbett aufstünde.

Anschließend holte er zwei Ersatzfinger aus einem Plastikbeutel und befestigte sie an meiner rechten Hand. «Alle Dinge gehen mit der Zeit kaputt oder nutzen sich ab, und manchmal muss man sie austauschen», sagte er ohne mich anzusehen, ganz so als würde er mit sich selbst reden.

«Und die Wahrheit, werden Sie mir nicht die Wahrheit erzählen?», sagte ich unversehens mit Vorbedacht und Hinterlist.

«Haben Sie nicht gehört, dass Ignoranten die glücklichsten Menschen auf der Welt sind», sagte er, während er sich vom Sitz erhob und auf seine Uhr schaute.

«Ja, Herr Doktor, ich habe diese Vermutung gehört, aber ich bin kein Ignorant und ich würde sehr gern wissen, ob ich ein Wegwerfroboter, ein geheimes Experiment oder ein Mensch bin, der seinen Verstand verliert».

«Sie sind wiederverwertbar und nicht wegwerfbar. Und entschuldigen Sie meine kurze Antwort, aber ich muss sie jetzt verlassen, denn ich habe eine Besprechung wegen eines Notfalls».

Zwei Monate später, während ich ein Fußballspiel der

Fußballweltmeisterschaft in Südafrika genoss, hörte ich plötzlich und ohne vorherige Ankündigung ein Pfeifen, wie bei einem Schnellkochtopf, der kurz davor ist zu explodieren. Danach war nur noch Stille um mich herum.

Ich sah die Spieler rennen, springen und hüpfen, als würde ich einen Stummfilm betrachten. Ich erhöhte die Lautstärke des Fernsehgerätes und reinigte meine Ohren mit Weihwedel. Es bestand kein Zweifel. Das Pfeifen hatte mich taub gemacht, ich musste wieder zurück in die Klinik. Diesmal ohne vorherigen Termin, denn es machte gar keinen Sinn anzurufen, wenn ich die Antwort nicht hören konnte, also nahm ich meine Jacke und ging zu dem Ort, an dem ich vom vielen Kommen und Gehen schon langsam berühmt war. Sogar ein paar Autogramme hatte ich schon gegeben.

Zu meiner Überraschung und meinem Erstaunen empfing mich der Arzt, der mich beim ersten Mal untersucht hatte, mit dem Unterschied, dass er jetzt seine Ganzkörper-Sonnenbräune made in Miami zur Schau stellte. Ich erklärte ihm, dass ich seit einigen Stunden nichts mehr hören könne, und dass ich aus diesem Grund erneut in die Klinik gekommen sei.

Er nahm mich am Arm und führte mich in einen Saal, in dem er mich mit Gesten und Zeichen einlud, mich auf das Krankenbett zu legen. Er schaltete seine typische Taschenlampe an und untersuchte beide Ohren. Er notierte etwas auf einem Notizblock und gab mir die Anweisung zu warten, während er in den Saal nebenan ging.

Minuten später kam er wieder mit einer Spritze in der Hand, und ich vermutete das Schlimmste. Ein Nadelstich in der rechten Hüfte, und ich begann eine merkwürdig starke Benommenheit zu fühlen, die mich an die alkoholischen Exzesse meiner Jugend erinnerte. Ich wusste nicht, wie lange ich geschlafen hatte und was sie mit mir gemacht hatten, bis ich die Geräusche hörte, die mich langsam wieder erweckten.

Ich öffnete meine Augen und sah die Ärztin, die in Nanochirurgie spezialisiert war und einen Master in Neurochip hatte, wie sie mich mit ihren grünen Augen untersuchte. Links von ihr stand der kräftige Arzt, der aussah wie ein Mechaniker und der mir versichert hatte, dass ich wiederverwertbar und nicht wegwerfbar sei. Rechts von ihr stand der Arzt mit der Bräune made in Miami. Alle drei schauten mich an, als wäre ich ein neugeborenes Baby mit zwei Köpfen.

Die Ärztin kam auf mich zu und fragte mich, ob ich sie hören könne. Ich antwortete ja, und alle drei tauschten untereinander Blicke der Erleichterung aus. Während eines kurzen Augenblickes entfernten sie sich von der Liege, um etwas zu besprechen, was ich aufgrund der Entfernung nicht verstehen konnte, von dem ich aber intuitiv dachte, es mache sie glücklich. Dann verließen die beiden Ärzte den Saal, und die Ärztin und ich blieben allein.

«Die Wahrheit, die ganze Wahrheit können wir Ihnen nicht sagen, aber einen Teil davon», sagte die Ärztin zu mir, während sie mir ein Glas Wasser anbot. «Sie hatten keinen Autounfall, eine Gruppe von Paramilitärs hat versucht sie zu töten. Sie wurden angeschossen und in eine Schlucht geworfen, aber sie haben trotzdem überlebt, und wir dachten, sie wären der ideale Kandidat für unser Projekt. Wir haben ihre Identität geändert und sie außer Landes gebracht, als Sie noch im Koma lagen. Wir haben die beschädigten Teile durch technisches Material der letzten Generation ersetzt, und wir haben aus Ihnen etwas Unvorstellbares gemacht. Alles unter strenger Geheimhaltung, denn wie Sie sich vorstellen können, ist die Erfindung des Menschen der Zukunft nichts für die Öffentlichkeit».

«Und was bedeutet -Mensch der Zukunft- Frau Doktor?».

«Der Mensch der Zukunft ist ein Träumer, der die Zukunft erahnen kann, jemand der dem Schuss eines Heckenschützen zuvorkommen und den Aufprall verhindern kann. Ein Halbgott in dieser zerbrechlichen Welt».

«Ein Halbgott aus Muttern und Schrauben kann nicht der Mann der Zukunft sein», antwortete ich.

Und sie lächelte sanftmütig, als würde sie mit einem kleinen Jungen oder einem unendlich naiven Typen sprechen. Sie nahm mich an der Hand und sagte: «Machen Sie sich keine Sorgen. Sie werden nicht nur Erinnerungen sein».

ROBOTina . Eine normale Hausfrauen-Geschichte

Um zehn vor sieben schaltet mich das System ein. Das System der Großen Gesellschaftsfabrik. «Suuummmmm», ertönt der Starter, und mein ganzes Dasein beginnt sich auszubreiten. Mein elektrischer Prozessor spuckt Elektronen- und Protonenflüsse aus, die Lämpchen aufleuchten lassen und Piepser von sich geben, die mein Dasein bestimmen.

Das Pfeifkonzert beruhigt sich, und die Lämpchen leuchten nicht mehr farbig auf. Meine Gigabytes haben aufgehört, sich zu recken und strecken und meine Chips haben ihre Metallkörperchen schon zusammengefügt. Die Bits machen Aufwärmübungen, bevor sie in Windeeile durch das Labyrinth meines Körpers laufen. Ich bin einsatzbereit, so wie immer, um zu arbeiten.

Die Glocken der Kirche, die das Haus in dem ich arbeite, umgeben, melden meinen Sensoren, dass es schon morgens um sieben ist.

Ich richte mich auf und begebe mich in die Küche. Ich schütte den Kaffee in die Kaffeemaschine, decke den Küchentisch, schneide Früchte entzwei, nehme Joghurt und Mich aus dem Kühlschrank und stelle sie auf den Tisch. Der Kaffee verbreitet schon seinen köstlichen Geruch. Der Herr des Hauses, der Herr Sohn und das Fräulein Tochter treffen ein und setzen sich um zu speisen. Der Kaffee ist fertig filtriert, und die Kaffeemaschine stellt ab. Ich bediene den Herrn des Hauses mit Kaffee und konzentriere meine ganze Aufmerksamkeit auf die Zeiger der Uhr, denn der Herr Sohn muss um Punkt sieben Uhr dreißig das Haus verlassen. Der Herr Sohn beendet sein Frühstück, putzt sich die Zähne, schnappt sich seine Schultasche und eilt zur obligatorischen Schule, denn in der Großen Gesellschaftsfabrik kann niemand dem System entwischen.

Der Herr des Hauses ist ebenfalls bereit zu gehen. Er küsst das Fräulein Tochter und verabschiedet sich. Ich stelle die schmutzigen Teller zusammen und beginne auf ein Papier die Namen der Artikel aufzuschreiben, die ich einkaufen muss.

Ich notiere: Milch, Käse, Butter, Getränke, usw.

Ich sammle die Plastikflaschen zusammen, die ich zurückbringen sollte, und die Glasflaschen, die in den Abfallcontainer des Quartiers geworfen werden müssen, denn in der so genannten Ersten Welt ist die ökologische Mode an ihrem Höhepunkt angelangt und bringt eine Menge Kapital in Umlauf. Ich melde dem Fräulein Tochter, dass wir die Flaschen entsorgen und mehr Abfall einkaufen gehen, und dass sie mir eine große Last abnehmen würde, wenn sie vor dem Gehen noch schnell aufs Klo ginge, falls sie Lust dazu hätte.

Das Fräulein Tochter und ich kommen beim Abfallcontainer an und finden ein Schild der bekannten Größe vor, das uns anzeigt, dass es entschieden verboten ist, Fläschchen und Flaschen an Feiertagen und Wochenenden hineinzuwerfen, und dass man die angegebenen Zeiten und die vorgeschriebenen Farben beachten muss. Wir befolgen die schon errichteten Verordnungen und machen uns auf die Suche nach neuen Regeln. Die Straßen, Warenhäuser, Läden und Supermärkte sind voller Roboter wie ich, die alle für

Ordnung sorgen und zugleich untereinander die Ordnung überwachen. Alle kaufen schweigend ein.

Auch das Fräulein Tochter und ich beenden unsere Einkäufe, und kehren in unseren Schlupfwinkel zurück.

Zehn Uhr morgens. Die Hausglocke läutet. Der Herr Sohn kehrt aus der Schule zurück. Er wirft seine Sachen auf den Boden und spielt mit dem Fräulein Tochter. Ich beginne mein Geschirr und die Plastikbehälter des Jogurts zu waschen und gehe in meinem elektronischen Hirn die Arbeiten nochmals durch, die ich noch nicht ausgeführt habe, ich beende den Abwasch und ....den Kehricht.

Die Wäsche ist schon zum Waschen sortiert, damit die eine nicht die andere verfärbt, damit es nicht zu viel kostet, damit sie nicht eingeht, damit sie kein einziges Baumwollfäserchen verliert, damit sie nicht ausbleicht und damit sie, was auch immer geschehen mag, wie neu aussieht.

Es klingelt erneut. Ich öffne die Türe und finde zwei Zeuginnen Jehovas, die, nachdem sie mir einen guten Tag gewünscht haben, dazu übergehen, mich mit religiösen

Kugeln dicken Kalibers zu befeuern. Ich lasse mir von ihnen erzählen, wie die Entstehung der Welt vor sich gegangen ist, und als ich merke, dass ihnen die Batterien langsam ausgehen, speie ich ihnen meine Wahrheit aus: «Schaut mal, Mädchen, ich weiß schon, dass ich äußerlich so bin wie ihr, aber in Wirklichkeit bin ich ein Automat, zum Arbeiten und nicht zum Denken gedacht. Stellt Euch vor, dass ich zur Welt der integrierten Stromkreise und der Bits gehöre, die kommen und gehen und selbst im Himmel nicht angehalten werden. Dass ich Jahr für Jahr programmiert und umprogrammiert werde, einige Minuten bevor das alte Jahr zu Ende geht. Dass ich täglich vierzehn Stunden pausenlos arbeite, ohne das Recht, Urlaub oder Lohn zu beziehen. Und trotz alledem streike ich nicht. Gefühle und Freuden sind mir verboten, und nur an Weihnachten, Geburtstagen oder allgemeine Feiertagen ist mir erlaubt, Freude zu zeigen. Meine Fröhlichkeit hängt von der Agenda der künstlichen Lachsalven ab».

Die beiden Zeuginnen Jehovas packten ihre Prospekte ein, schauen mich mit erstaunten Roboteraugen an und verschwinden, ohne auf Wiedersehen zu sagen.

Ich gehe in mein kulinarisches Laboratorium zurück und beginne das Mittagessen vorzubereiten. Menü: Crevetten an Knoblauch mit Reis und Avocado Salat. Getränk: Limonade. Und zur Nachspeise: Ananaspudding für die Kleine. Ich nehme die Crevetten, die schon mit Knoblauchbutter gemischt sind, aus dem Tiefkühler und lege sie in die Nähe der Heizung, damit sie nicht so kalt in die Pfanne kommen. Ich teile die reifen Avocados, die zum Naschen verleiten, doch ich beherrsche mich. Ich zerschneide vier Zitronen und presse sie mit der Kraft meiner Gigabytes aus. Den Saft mische ich mit dem gezuckerten Wasser und mache das Getränk fertig.

Ich bringe den Reis zum Kochen und stelle die zweite Platte an, um das Wasser zu erhitzen, das dem Pudding Leben verleihen soll. Die Kirchenglocken beginnen von einer Seite zur anderen zu tanzen, während der Reis kocht. Es ist zwölf Uhr mittags, noch fehlt der Nachmittag.

Halb zwei. Ich räume die Teller zusammen und stelle sie in den Geschirrspüler. Die Zitronen- und die Avocadoschalen werfe ich auf den Hauskomposthaufen. Ich wasche, trockne und ordne meine Griffe. Der Herr Sohn hat schon den Schulsack am Rücken und macht sich bereit, um gleich zur Schule zu gehen. «Ciao!», ruft er, indem er die Stufen hinuntergeht. Der Herr des Hauses ist mit dem Zähneputzen fertig, kämmt sich, parfümiert sich und verabschiedet sich von uns zwei, dem Fräulein Tochter und mir.

Das Fräulein Tochter kommt zu mir und fragt: «Spielen wir mit den Puppen?». Ich blicke sie an und entdecke in ihren strahlenden Augen den Schalk und die Fröhlichkeit, die mir nicht eigen sind. Wie schön, wenn ich jemand wie das Fräulein Tochter sein könnte, sage ich mir. «Gut», antworte ich ihr, und zusammen versinken wir in der Welt der zukünftigen Mütter.

Vier Uhr nachmittags. Der Herr Sohn kehrt von der Schule zurück und fragt, ob er fernsehen dürfe. Ich stimme zu und gehe den Staubsauger holen. Ich sauge allen Staub und auch den, den es vielleicht noch haben könnte. Dann stelle ich den Abfallsack bereit, der morgen abgeholt wird; ferner sammle ich alles Papier der Woche ein und binde es mit einer wieder verwendbaren unversuchten Schnur zusammen. Ich gehe ins Wohnzimmer, wo die Kinder lachen und teile ihnen mit, dass ihre Zeit des Lachens zu Ende ist. Sie ärgern sich über mich, weil ich sie nicht machen lasse, und entfernen sich schlecht gelaunt vom Fernseher. Ich mache eine halbe Umdrehung und schließe mich in meinem kulinarischen Laboratorium ein. Das Nachtessen muss zubereitet werden.

Ich nehme allen Käse, den ich finde, Butter, Fleisch und die Konfitüre aus dem Kühlschrank, schneide das Brot in Scheiben und toaste es. Ich siede das Teewasser für den Herrn des Hauses, verteile die Sets auf dem Tisch, stelle die Teller hin und lege Messer und Löffel dazu. Es klingelt. Es ist die Nachbarin, die mit mir schimpft, weil ich die Musik so laut eingestellt habe. Ich bitte sie herein und führe sie zum Klangapparat, der die CDs mit einem Vielfarben-Laserstrahl abfeuert. Ich zeige ihr die zwanzig Punkte, die der Volumenschalter aufweist und dann die drei, die mir täglich zu benutzen erlaubt sind. Sie schaut mich erstaunt und verwirrt an, denn sie weiß, dass es mit weniger als drei Punkten

Lautstärke unmöglich ist, Musik zu hören. Sie entschuldigt sich und geht mit einem großen Schuldgefühl weg, weil sie sich geirrt hat. Wie dumm, wenn irren so menschlich ist. Was gäbe ich darum, mich nur ein einziges Mal irren zu dürfen.

Sieben Uhr dreißig. Das Abendessen ist beendet. Das Geschirr ist schon wieder in der Geschirrspüle, und die Kinder machen sich zum Schlafen mit den Engelchen bereit. Ich bringe sie in ihr Schlafzimmer und wünsche ihnen gute Nacht. Ich stelle ihnen etwas Musik an und gehe in mein kulinarisches Laboratorium zurück.

Der Herr der Hauses begibt sich in sein Bürozimmer um weiter zu arbeiten, bis ihn die Müdigkeit verpflichtet, von dieser Arbeitssucht abzulassen. Diese Sucht ist national, denn im System der Großen Gesellschaft nehmen fast alle Arbeiten mit nach Hause.

Er ordnet seine Sachen und geht zu Bett. Ein paar Minuten später ruft er mich und bedeutet mir, dass es Zeit ist, uns zur Ruhe zu legen. Ich schiebe mich bis zum Schlafzimmer und lege mich an seine Seite. Er legt sein Bein auf mich und schläft sehr müde ein. Ich bleibe noch eine Zeitlang wach, bis sich mein Dasein zusammenzuschrumpfen beginnt. Die Lichter beginnen sich auszulöschen, und die Töne verstummen. Die Bits kehren in ihre unsichtbare Welt zurück. Eine unsägliche innere Ruhe bemächtigt sich meiner und ohne zu wissen warum, rinnt ein wasserähnlicher Tropfen, einer Träne gleich, meine Wange hinunter und zerplatzt am Kissen.

Ich schließe die Augen und lasse mich von der Dunkelheit davontragen.

Nichts ist, wie es scheint

Als ich ihn erblickte, wusste ich sogleich, dass etwas nicht stimmte.

Er blickte finster, hatte einen gekräuselten Schnurrbart, die Augen waren weit aufgerissen und sein Haar zerzaust. Er konnte nicht selbständig gehen, seine Begleiter, ein älteres Ehepaar mit besorgtem Gesicht, stützten ihn, während ich meinem Assistenten Anweisungen gab.

Nach dem unerlässlichen Händeschütteln erzählte mir die Dame folgende Geschichte: Toto habe ihnen alles bedeutet, er sei mit ihnen aufgewachsen, und sie hätten zusammen sehr schöne und unvergessliche Momente erlebt. Das Glück hätte ihnen dank einer namhaften Erbschaft, die ihnen eine entfernte Verwandte überlassen hatte, zugelächelt. Es gehörten ihnen mehrere Häuser, und Sorgen und Nöte hätten sie kaum gekannt, bis sich Toto plötzlich und ohne ersichtlichen Grund sonderbar aufzuführen begann: Er sei spät in der Nacht aufgestanden, habe auf den Boden des Wohnzimmers gepinkelt, einen Kreis gemacht und sei zu ihnen ins Bett zurückgekehrt, wo alle drei schliefen. Diese Situation begänne langsam aber sicher ihre langjährige Harmonie auf empfindliche Weise zu stören.

Vor diesem komischen Wechsel in Totos Verhalten wäre alles normal gewesen. Sie hätten zwei Tage in der Stadt und zwei Tage in ihrem Landhaus verbracht, und weil sie mehr um Totos Wohl als um ihr eigenes besorgt gewesen wären, hätten sie sich für den Kauf eines Hauses am Mittelmeer entschieden, in Girona, um genau zu sein. Seine Freude sei unbeschreiblich gewesen, als er das erste Mal ins Wasser tauchte. Er sei gehüpft, habe unermüdlich gespielt, und es hätte sie einiges gekostet, ihn von der Rückkehr in die städtische Wohnung zu überzeugen. Da er sich geweigert habe ins Auto einzusteigen, hätten sie ihm gut zureden und versprechen müssen, bald wieder vergnügliche Stunden am Meer zu verbringen. Ich müsse doch verstehen, dass sie nicht immer Ferien machen könnten. Obwohl nicht sehr überzeugt, hätte Toto am Schluss doch nachgegeben, und sie hätten es schließlich geschafft, ihn mittels eines sanften Schubses ins Auto zu setzen und zurückzufahren.

Nach mehreren Monaten des Hin und Her sei José Pepe aufgefallen, dass sich Toto in der städtischen Wohnung nicht mehr wohl fühlte.

Er habe sich geweigert, spazieren zu gehen und sich mit ihnen auf dem Sofa die Telenovela anzusehen. Er habe sich grundlos zurückgezogen, was sie aber nicht weiter beunruhigt hätte, da sie annahmen, dass die wechselnden Interessen zu seinem momentanen Wachstumsschub gehörten.

Was José Pepe und sie aber wirklich beunruhigt hätte, sei seine Weigerung gewesen, mit ihnen im selben Zimmer zu schlafen. Das könne doch nur bedeuten, dass etwas Schlimmes vorgefallen sei.

Sie hätten auch beobachtet, dass er stets sehr glücklich und anhänglich wurde, sobald sie zum Strand gefahren seien. Er sei plötzlich wieder gut gelaunt gewesen, und sie hätten den Eindruck bekommen, das Meer sei seine größte Freude geworden. Das Gegenteil sei jedoch geschehen, sobald sie zum Landhaus gefahren seien, obwohl er in der Gegend bekannt sei, und so manche Verehrerin ungeduldig auf ihn gewartet hätte. Er hätte sich während den zwei Tagen eingeschlossen, und es sei unmöglich gewesen, ihn auch nur zu einem Spaziergang zu den Orangenbäumen von José Pepe zu überreden. Zur Schlafenszeit jedoch sei alles zur Normalität zurückgekehrt, und er habe sich zwischen ihnen schlafen gelegt, und sie hätten friedlich bis zum nächsten Tag geruht.

Nun sei dieses unverständliche Unglück geschehen, ganz unverdient dazu, hätten sie Toto doch nichts angetan, dass er sie nun so behandle. Er habe ihnen durch das Aufstehen mitten in der Nacht und dem Pinkeln im Wohnzimmer die Ruhe geraubt. Der Gipfel sei, dass er nach Erledigung seines Geschäfts auch noch zu schnarchen begonnen hätte, während sie aus lauter Sorge und Kummer in ihren Herzen nicht mehr schlafen könnten.

«Helfen Sie uns, Herr Doktor, bitte sagen Sie uns, was mit unserem Toto los ist. Was haben wir nur falsch gemacht, um so bestraft zu werden? Wir haben ihm alles, was wir konnten gegeben: biologisches Essen, damit er gesund bleibt, warme Kleidung, Spielzeug, damit er sich nicht langweilt... Und nun, wo wir einen ruhigen Lebensabend ohne größere Probleme genießen wollen, geschieht das!».

«Meine Liebe», sagte ich zu ihr, nahm dabei ihre Hand und blickte direkt in ihre traurigen blauen Augen, «Toto ist verwirrt und leidet höchstwahrscheinlich an einer Persönlichkeitsstörung. Es waren zu viele Wechsel in zu kurzer Zeit: Zwei Tage in der Stadt, zwei auf dem Land und wieder drei Tage am Meer. Das tönt zwar sehr spannend für uns, und mag uns aus unserem Alltag rütteln und aufleben lassen, für ihn aber hatte dieser Wechsel eine andere Wirkung. Er hat sich zwischen dem Kommen und Gehen der Tage verirrt und weiß nicht mehr, wann er in der Stadt, auf dem Land oder am Meer ist. Vielleicht ist das Pinkeln um Mitternacht eine letzte Form von Persönlichkeitsäusserung. Er markiert auf diese Weise seinen eigenen Raum, was Sie als eine Art letzten Versuch der Bindung zur realen Welt betrachten können».

«Herr Doktor, wenn er verwirrt ist, müsste man ihn nicht behandeln, damit er zur Normalität zurückkehrt?», fragte José Pepe.

«Ganz genau. Eine Lösung wäre, an die Mittelmeerküste zu ziehen, wo es ihm anscheinend sehr gut gefällt. Oder aber Sie hören zukünftig auf, ihn wie ein Kind zu behandeln, da er ja in Wirklichkeit ein Hund ist».

Beide schauten sich an, als ob ich in einer anderen Sprache gesprochen hätte: als ob es in Wirklichkeit mir und nicht dem Hund schlecht ginge.

Und dann, in einem Anflug von unkontrollierbarem Zorn, nahm José Pepe mit finsterem Blick gekräuseltem Schnurrbart, weit aufgerissenen Augen und seinem zerzausten Haar Toto in den Arm und sprach: «Komm wir gehen augenblicklich! Dieser Typ spinnt!».

Die Dame hatte den Ausdruck ihrer Augen gewechselt und warf mir zornige Blicke zu, angeekelt, als ob ich der Hund wäre, der um Mitternacht pinkelnd im Wohnzimmer die letzte Grenze zwischen Mensch und Tier markieren würde.

Was soll ich sagen? Ich verstand wie immer zu spät, dass ich ihre Seifenblase hatte platzen lassen.

Blicke, die liebkosen

Niemand hatte sie jemals so angesehen. Mit einer Besinnlichkeit, die beunruhigt, einer Nachhaltigkeit, die sich wie ein Brandmal auf der Haut einbrennt und einer Innigkeit, die überwältigt. Wäre dieser Blick greifbar, würde er einer liebkosenden Hand ähneln, die nun ihren Nacken berührte und zärtlich ihre Schultern streichelte, ohne dass sie es verhindern könnte. «Warum es verhindern wollen?», fragte sie sich, hatte man sie doch immer ignoriert. Zuhause wartete niemand auf sie, niemand der ihr einen Begrüßungskuss schenken würde. Bei der Arbeit war sie nicht mehr als eine effizient arbeitende Architektin, stets zu Überstunden bereit. Beim Fitnesstraining schloss sie sich den anderen schwitzenden Körpern an, die nebeneinander stumm trainierten, bis die Müdigkeit jeden Einzelnen wieder in die eigene Einsamkeit trieb. Und im Schwimmbad beachtete sie auch niemand, obwohl sie eine schöne und anmutige Frau war, die man ohne weiteres mit einer Märchenprinzessin hätte verwechseln können: Die Verkörperung eines wahr gewordenen Traumes für jeden Märchenprinzen.

Fiel denn niemandem auf, dass sie das Bedürfnis hatte, sich geliebt zu fühlen? Dass eine einzige Streicheleinheit genügen würde, um den Panzer der Routine aufzubrechen, der sie innerlich zu ersticken drohte? Es waren Fragen, die sie sich jeden Tag aufs Neue stellte. Fragen, die niemand beantwortete, nur die Stille der sich folgenden Tage schien Antwort genug. Sie existierte, wie viele andere auch, als ein weiterer Schatten, der sich mit den hellen und dunklen Schattierungen der Gesellschaft vermischte; eine Frau am Rande einer Depression, von der Wärme der Liebe ignoriert.

Ihre strahlenden grünen Augen hatten oft nach einem Blick gesucht, der sie zum Erröten, zum Vibrieren bringen würde, der sie streicheln und sie in ein Gefühl der Geborgenheit einhüllen würde. Aber alle Hoffnung war umsonst gewesen, denn alle Blicke, denen sie begegnet war, waren selbst auf der Suche nach der Vollendung ihres eigenen

Schicksals. Es waren kalte Blicke, die durch die Zeit streiften und sich mehr um die Zukunft als um die Gegenwart sorgten. Gleichgültige Blicke, die nicht gelernt hatten, wirklich zu sehen.

Doch nun war alles anders! Endlich hatte ein wärmender Blick sie entdeckt, und sie war bereit wie ein wildes Tier zu kämpfen, damit dieser Blick sie nicht mehr verlassen möge. Sie schloss die Augen und ließ sich gehen, auf diese imaginäre Hand vertrauend, die sanft entlang ihrer Stirn, Augen, Nase, Wangen, ihrer Ohren und Lippen wanderte, und die wie ein Lavastrom ihren Hals hinunter glitt, ihre schön geformte Brust suchend. Ihr Herz pochte schneller, als der Blick zur Wölbung ihrer Brüste kam, um dann mit einer raschen, aber zärtlichen Bewegung zu ihren Brustwarzen hoch zu wandern, die sich nun ganz warm anfühlten.

Ihre erregte Brust fühlte sich wie ein fester reifer Apfel an, und ihre Brustwarzen wurden steif und richteten sich auf. Sie schloss die Augenlider, presste Lippen und Hände zusammen, um den Laut der Entzückung zu ersticken, der aus ihrem Innern entgleiten wollte. Angespannt wie die Saite einer

Violine erwartete sie die nächste Welle.

Der Blick sank nun langsam zu ihrem gut trainierten Bauch und liebkoste jeden einzelnen der schön definierten Muskeln, die darauf hindeuteten, dass sie täglich Bauchübungen machte, sei es, um sich schön zu halten, sei es, weil sie durch die Übungen ihren Durst nach Zärtlichkeit zu stillen versuchte. Ihre Atmung wurde kürzer, und sie hörte das wilde Pochen ihres Herzens, das Rauschen des Blutes an ihren Schläfen, während die Hitze des Blickes ihre Taille umschloss, sich in Richtung ihrer Hüften bewegte und dann ihren Hintern mit solch feurigem Blick ansah, dass sie innerlich erbebte, wie nie zuvor in ihrem Leben.

Der Blick hielt an, die weiblichen Rundungen ihres Hintern bewundernd, und schlängelte sich danach ihren Rücken entlang zum Nacken hinauf, in einer ringförmigen Bewegung um- schloss er diesen und ließ sich dann wie ein Tropfen süßen Weines zwischen ihren Brüsten hinunter zum Venushügel fallen. Dort, wo sich das dichte Schamhaar abzuzeichnen begann, hielt der Blick inne und wanderte anschließend zu ihrem linken Bein. Streichelnd glitt er über ihr Knie, ihren Knöchel bis zu ihrem Fuß hinab. Sie hörte seine erregte, unregelmäßige Atmung und dachte einen Augenblick daran, ihre Augen zu öffnen. Stattdessen presste sie ihre Lider stärker zusammen, ihr Körper noch angespannter als zuvor, und wartete auf den sich nähernden Höhepunkt.

Plötzlich stieg der Blick rastlos über ihre Beine empor, wie der Bug eines Schiffes auf hoher See, der die Weite des Ozeans gnadenlos spaltet. Sie verstand die Dringlichkeit und das rasante Tempo dieses sich nähernden Schiffes und spreizte nun ihre Beine, damit es möglichst schnell seinen Weg zu ihr finde.

In ihrem Kopf explodierten tausend Sonnen, und einem wilden Pferd gleich bäumte sich ihr Körper auf. Den Schrei, den sie von sich gab, durchzuckte sie, und ein Lavastrom quoll aus ihrem Innersten hervor. Langsam entspannten sich ihre wohlgeformten Muskeln, und sie ließ sich von jenem unendlichen Frieden treiben, den man spürt, wenn man erfahren darf, wie sich der Himmel auf Erden anfühlt.

73

Blaue Sonnen

Ich bin ein mikroskopischer Mutant der blühenden wissenschaftlichen Industrie Ende dieses Jahrhunderts. Ich wurde unter den wachsamen Augen des Elektronenmikroskops erzeugt, und meine Beschaffenheit als biotechnologisches Produkt erlaubt es mir, unentdeckt zu zerstören.

Über Jahre hinweg hielten sie mich in einem Sicherheitslabor mit der Absicht gefangen, mich zu benutzen, sobald der Große Krieg ausbräche. Doch dazu kam es nie. Sowohl meine Schöpfer wie auch ich mussten einsehen, dass der so genannte Kalte Krieg die Glaskugel unserer Träume zerbrochen hatte.

In den Jahren danach wurde nie wieder über mich gesprochen, und alles schien darauf hinzudeuten, dass ich Jahrhunderte in meinem Gefängnis überdauern würde. Aber es kam anders. Eines Tages befreiten sie mich aus meiner kalten Zelle, um mich umzuprogrammieren und in einem neuen Projekt einzusetzen. Der «Krieg ohne militärische Intervention» war bereits Mode geworden.

Die neue Programmierung, der ich unterzogen wurde, war einfach und tödlich: ich sollte all jene Personen auslöschen, die sich am Rande der Unterernährung bewegten, ohne Rücksicht auf die Religion, das Geschlecht, die Rasse oder das Alter der Betreffenden. Es ging also darum, mit den Söhnen und Töchtern der Vergessenheit Schluss zu machen. Zu diesem unmissverständlichen Zweck wurde ich in geheimster Mission auf einen der geplünderten Kontinente verfrachtet. Meine ersten Opfer waren die Bettler auf den Straßen, ihnen folgten die verwahrlosten Kinder, und zuletzt bemächtigte ich mich der ausgemergelten Frauen aus den Kartonhäusern.

Wie viele Personen, glauben Sie, beseitigte ich während der ersten sechs Monate?

Hunderte? Tausende? Millionen? Erwarten Sie keine Antwort, denn nicht einmal ich habe die leiseste Ahnung davon, wie viele Besitzlose ich von der Erdoberfläche wegradiert habe. Ohne Zögern jedoch kann ich berichten, dass ich in diejenigen Körper eindrang, die kein gutfunktionierendes Immunsystem besaßen, das sie verteidigt hätte. In den Blutbahnen angelangt, ließ ich mich vom Strom mitnehmen und segelte hin und her, bis ich das Gehirn erreichte. Nun musste ich nur noch die blauen Sonnen des Nervensystems zerstören und auf den endgültigen Zusammenbruch des Opfers warten.

Da jedoch im Leben nicht alles perfekt ist, drang ich einmal irrtümlicherweise in den Körper einer Person ein, deren System von weißen Blutkörperchen stark genug war, um mir Widerstand zu leisten und eine Gegenoffensive zu starten.

Unter diesen für mich offensichtlich ungünstigen Umständen konnte ich mich nicht wie gewöhnlich bei Gefahr in einem sich bildenden Lymphozyten verstecken. Es gelang mir jedoch, mich vorübergehend in den Lymphdrüsen einzunisten, um ungestört zu überlegen, wie ich mich der Überwachung der weißen Truppe entziehen könnte.

Dort wartete ich also seelenruhig, und als die Verteidiger

die Kontrollmaßnahmen lockerten, drang ich in eines der unzähligen Vitamine ein, die an mir vorüberzogen. Obwohl das sehr schnell vor sich ging, wurden die Hüter des Systems in Alarmbereitschaft versetzt. Da sie jedoch unmöglich herausfinden konnten, in welchem der vielen Vitamine ich mich versteckt hielt, beschlossen sie, alle Vitamine zu zerstören, die ihnen über den Weg liefen. Zu spät erkannten sie allerdings, dass deren Verringerung für mich einen unerwarteten Vorteil darstellte. Aber so war's. Zuletzt verloren die Leukozyten meine Spur vollständig aus den Augen, und ich konnte mich auf der Suche nach den blauen Sonnen zur Kuppel aller Gedanken aufmachen.

Diese Erfahrung hatte mir gezeigt, dass ich als Mikroorganismus weitgehend autonom geworden war. Um mich in Zukunft wie ein Fisch im Wasser bewegen zu können, musste ich nur noch darauf warten, dass die Programmierung keine weiteren elektrischen Impulse abgab.

Die Zeit sorgte dafür, dass die Bewohner des Planeten meine gefährliche Präsenz erkannten und zu fürchten begannen. Mein Name ließ alte Prophezeiungen neu aufleben. Gewisse soziale Kreise verwandelten mich von einem Tag auf den andern in eine vom Himmel kommende Strafe, währenddessen andere mich anklagten, ich sei eine eingeschleppte Plage aus jenem Teil der Welt, wo die kolonialen Besitztümer Namen ganzer Länder tragen.

Ohne Zweifel vermag die Phantasie unter dem Druck der Realität ein Ausweg aus einer Notfallsituation zu sein. Trotzdem glaube ich, dass mir die Weltbewohner nicht einmal im Traum auf die Schliche kommen werden.

Zur Zeit verändere ich weiterhin die Geschichte des Planeten, sowohl im Süden wie auch im Norden, ohne dass jemand meine verfluchten Pläne durchkreuzen würde.

In den kommenden 48 Stunden kehre ich ins Labor zurück, wo ich erfunden wurde. Und ohne Zweifel werden meine Schöpfer mit starkem Herzklopfen davon Kenntnis nehmen, bis schließlich das Licht ihrer blauen Sonnen für immer erlöscht.

Die Frau des Don Quixote

Zu Beginn der Menschheitsgeschichte hatte der Mann keine Arbeit, denn es gab keine Anstellung und erst recht kein Gehalt. Die ganze Familie lebte so gut es ihr möglich war, bis der Mann beschloss, sich ein Hobby zuzulegen, das darin bestand, loszuziehen und wilde Tiere zu jagen, um so den täglichen Menüplan abwechslungsreicher zu gestalten.

Bei Tagesanbruch zog er gruppenweise ohne festes Ziel los, und mit etwas Glück kehrte er bei Einbruch der Nacht mit ein paar Hasen oder dem Viertel eines unvorsichtigen Dinosauriers zurück. Aber nicht alle kehrten in der Abenddämmerung zurück, weil sich einige verliefen, oder weil der Abenteurer im Schlund eines dieser wilden Tiere endete. Andere kehrten nach mehreren Tagen erschöpft und ohne etwas zu essen zurück. Und während all dem spielten die Frauen Tennis, wie die Herren heute sagen würden, die in der Frau ein einfaches Dienstmädchen sehen, das nur zum Bügeln, Kochen, Putzen,

Nähen, Einkaufen und Kinder hüten dient, und das man hin und wieder in dem Stil vögeln muss: Ich oben und du hältst still, denn wenn du dich bewegst, bedeutet das, dass du mit einem anderen ins Bett gegangen bist, während ich wie ein Tier geschuftet habe, um dir dieses gute Leben zu bieten.

So war das damals aber nicht, denn in diesen ersten Zeiten, als es weder Märkte noch Supermärkte gab, und man nicht fröhlich darauf los konsumieren konnte, musste alles gesammelt werden, und die Höhlenfrau musste mit den Nachkömmlingen auf den Fersen auf der Suche nach ein paar Kräuterchen, Pilzchen, Früchtchen und was weiß ich noch alles ein paar Runden in der Umgebung drehen, um schließlich die Mägen mit etwas füllen zu können.

Ach! Diese Frauen waren aber glücklich, denn sie hatten viel Zeit, um sich zu unterhalten. So lautet das Motto der Befürworter dieser konservativen Mentalität. Sich zu unterhalten? Worüber? Über den letzten Tiger, der an der Höhle vorbeikam und den Kleinen zum Abendessen mitgehen ließ? Oder über die Treuebrüche des Ehemannes, der nicht mehr zurückkehrte, weil er sich wahrscheinlich mit einer anderen zusammengetan hat, die zerzausteres Haar hatte als sie? Welch eine Überlegung!

Das einzig Gute an dieser Situation war für die Frauen, dass sie nicht einen Ehemann da sitzen hatten, der den ganzen Tag Fußball sah, während sie die Steine in der Höhle in Ordnung brachte. Aber es gibt kein Unglück, das ewig währt, und auch keinen Kranken, der das aushält. So gingen einem dieser tapferen und heldenhaften Jägern ein paar Lichter auf, und die Landwirtschaft erschien auf der Bühne des Lebens.

Von nun an, meine Liebste, werde ich nicht mehr Steppen und Pampas bereisen, ich bleibe hier und baue Papayas und Melonen an. Und so wurde der Tarzan des Urwalds, der Berge und Täler zum Landwirt, auch wenn dieses neue Hobby nicht bedeutete, dass er nun eine Arbeit hatte, denn dem kapitalistischen Konzept zufolge leistet nur derjenige Arbeit, der Gehalt bezieht.

Für die Höhlenfrau blieb alles beim Alten, sie spazierte weiterhin durch die Gegend auf der Suche nach Nahrung (denn in jener Zeit aß man, wann man konnte, und es gab nicht wie heute drei Mahlzeiten täglich mit dem einen oder anderen Drink und dem entsprechenden Snack dazu). Nachdem sie also ihre Aufgabe als Sammlerin erfüllt hatte, wies ihr Freund und Landwirt sie in die Tätigkeiten auf dem Feld ein, und da nahm die so genannte Doppelbeschäftigung der Frauen ihren Anfang.

Die Geschichte ging ihres Weges weiter und weiter, bis sie in das so genannte Industriezeitalter eintrat, in dem die Maschinen das großartige Geschenk für Klein und Groß sein würden, denn sie würden die Arbeit aller erledigen, und die Herren hätten mehr Zeit für die Familie, könnten der Frau in der zweistöckigen Höhle zur Hand gehen und besäßen ein Bügelbrett so groß wie ein Surfbrett. Ehrlich gesagt, hat sich die Situation nicht erheblich geändert, denn die Männer hielten an ihrer alten Einstellung nach dem Motto fest: «Ich habe nichts mit der Erziehung und Bildung unserer Kinder zu tun, ich arbeite hart, damit wir alle in Miami Urlaub machen können, und wenn ich spät oder gar nicht nach Hause komme, liegt das daran, dass ich für die Firma länger arbeiten muss» (jetzt können wir wirklich von «arbeiten» sprechen, da es nun auch Gehalt dafür gibt).

Und die Frauen? Danke der Nachfrage. Sie gehen weiterhin ihrem Hobby nach, dem Bügeln, Putzen, Nähen, Kochen, Hunde ausführen und Unterhalten des Nachwuchses, denn auch nach einer ganzen Reihe von Jahrhunderten ist die wohlverdiente wirtschaftliche Anerkennung weit und breit nicht in Sicht.

Ob es wohl irgendeinen visionären Politiker geben wird, der den Mut aufbringt, diese Ungerechtigkeit «grösser als die Galaxie, in der wir scheinbar niemand sind» in einfache Gerechtigkeit umzuwandeln?.

Besteht noch die Möglichkeit, dass diese Frauen, die Tag für Tag das Haus auseinander nehmen und wieder zusammenbauen, endlich ihr Hobby aufgeben und beginnen, tatsächlich zu arbeiten mit einem ihrer Würde entsprechenden Gehalt, damit sie sich zumindest als Teil der arbeitenden Bevölkerung betrachten können.

Oder müssen wir uns einen neuen Träumer aus der Mancha suchen, der den Dulzineas den Platz einräumt, der ihnen zusteht?

Ein unerwarteter Unfall

Es war eine frontale Kollision, doch glücklicherweise wurde keiner der beiden schwer verletzt. Sie erschraken ob der Wucht des Aufpralls, die sie gerade beim Einbiegen in eine Kurve überrascht hatte.

Es waren eine ältere Dame und ein Herr, die sich nun überrascht und gleichzeitig vorwurfsvoll anblickten.

Überrascht, weil sie diese Strecke schon viele Male ohne jeglichen Zwischenfall gefahren waren. Vorwurfsvoll, weil sie sich beide als unschuldig betrachteten. Es war tatsächlich schwierig auszumachen, wer der Schuldige war, da die Signalisierung an diesem Punkt der Strecke nicht klar geregelt war, eine komische Gegebenheit in einer so wohl organisierten Gesellschaft. Schwierig auch deshalb, weil sich die Menschen normalerweise von der Macht der Gewohnheit leiten lassen, mal mehr, mal weniger, je nach dem momentanen Grad der Eile oder der Interessen. Die Einzigen, die vielleicht eine ungefähre neutrale Information hätten geben können, waren jene gelegentlichen Beobachter, die in solchen Fällen immer zur Stelle sind. Doch leider tendieren sie oftmals, solche Situationen eher zu erschweren als aufzuhellen, da ihre Meinungen und Annahmen von einem Extrem zum andern reichen. Die Situation schien sich deshalb nicht leicht zu klären. Sowohl der Herr als auch die Dame hatten ihre anfängliche Angst überwunden und wurden von Wut erfasst, in der die Beleidigung und Verschmähung vergeblich auf eine Entschuldigung wartet. Ein Spiel, in dem einer der beiden die Wut in Frustration umzuwandeln hat. Hat diese einmal von der Person Besitz genommen, wissen wir wohl, dass nur zwei Wege zur Auswahl stehen: Die Wut hinunterzuschlucken und weiterzumachen, als ob nichts geschehen wäre und das Leben anzunehmen, wie es nun mal ist. Oder auf den Rhythmus des Frühlings zu hören und dem Rat zu folgen, alles hinauszukehren und vom gesprochenen Wort Gebrauch zu machen, sei dies zum Vor- oder Nachteil.

«Sind Sie blind!», rief er überraschend aus.

«Der einzige Blinde hier sind Sie!», rief sie zurück.

«Frauen sollte das Fahren verboten werden, weil sie immer Unfälle verursachen!», konterte er.

«Klar, aber nur weil unsere Fahrlehrer von Kopf bis Fuß Machos sind, wie Sie!», verteidigte sie sich.

«Ich ein Macho?», fragte er und verschränkte dabei seine Arme vor der Brust, «mit keinem Haar, mein Leben lang war ich Feminist!».

«Ja so was, das sieht man Ihnen aber nicht an!», antwortete sie. «Bloß weil ich schon bessere Zeiten erlebt habe! Wissen Sie, früher waren die Frauen in Scharen hinter mir her», lächelte er verschmitzt.

«Ach ja? Wahrscheinlich waren sie einer dieser Taschendiebe, die im Nu zupacken und anschließend die armen, laut um Hilfe schreienden Frauen, stehen ließen», spottete sie.

«Passen Sie auf, nun übertreiben Sie langsam aber sicher», entgegnete er nun in ernsterem Tonfall.

«Was, übertreiben! Ich weise Sie bloß zurecht, so wie es Ihnen zusteht», antwortete sie und machte dabei einen Schritt vorwärts.

«Nun meine ehrenwerte Dame, die einzige Form, mich zurechtzuweisen gründet darin, dass Sie sich für diesen unangenehmen Unfall schuldig erklären», erwiderte er.

«Das fehlt gerade noch! Ich soll die Raserin gewesen sein, während Sie um die Kurve kamen, als ob Sie in einem Formel-1-Wagen säßen? Es war mir unmöglich, Ihnen auszuweichen!», antwortete sie.

«Aber sicher, nun soll ich der böse Wolf sein und Sie das arme Rotkäppchen! Wo doch alle sehen konnten, dass Sie in die falsche Richtung fuhren und das so schnell, als ob der Teufel selbst hinter Ihnen her wäre», er gebrauchte dabei seinen Zeigefinger in Form einer Pistole.

«Seien Sie bitte nicht lächerlich, wie hätte ich in der falschen Richtung unterwegs sein sollen, wenn ich diesen Weg täglich fahre und die Strecke so gut kenne wie meine Westentasche! Sie dagegen scheinen wie ein Anfänger zu lenken und überfahren alles, was Ihnen den Weg versperrt», sagte sie mit der Überzeugung, das Recht auf ihrer Seite zu haben.

«Nun, ob Sie es glauben oder nicht, kenne ich diesen Supermarkt sehr gut und habe seit langer Zeit immer die gleiche Strecke zurückgelegt, ohne je einen Unfall verursacht zu haben», verteidigte er sich.

«Erlauben Sie mir, an Ihren Fahrkünsten mit dem Einkaufswagen zu zweifeln, denn Sie bewegen sich damit durch die Gänge, als seien Sie mit einem Transportlastwagen auf der Autobahn unterwegs», antwortete sie mit schüchternem Lächeln.

«Na ja, ich gebe zu, dass Sie hinsichtlich dieser Bemerkung nicht Unrecht haben. Tatsächlich bin ich Lastwagenfahrer bei einer Transportfirma. Na ja, und mein Fahrweise macht sich nicht nur auf der Autobahn bemerkbar», gab er zu.

«Aha, das habe ich mir schon gedacht!», rief sie aus.

«Warum haben Sie dann nicht gebremst, als sie mich in der Kurve sahen?», fragte er.

«Weil sie sich zu schnell näherten und mir keine Zeit für ein Ausweichmanöver ließen», klärte sie ihn auf.

«Na gut, ich gebe zu, dass ich wirklich sehr schnell unterwegs war. Sie fuhren aber auch nicht gerade im Schneckentempo», antwortete er mit beschwichtigender Stimme.

«Ja, das stimmt. Auch ich bin mitschuldig, komme ich doch immer im letzten Moment einkaufen im Supermarkt», räumt sie ein. Vom Druck entlastet, mit dem sie den Supermarkt betreten hatten, schauten sie sich an und begannen zur Überraschung der Zuschauer, wie zwei alte Bekannte miteinander zu plaudern. Dies war das Ende eines Streites und der Beginn einer Freundschaft, die soweit führte, dass sie sich denselben Einkaufswagen teilten.

Seit diesem Tage fuhren sie gemeinsam den vielen Geraden und Kurven des Supermarktes entlang, genossen dabei die offenen Gespräche und die gegenseitige Gesellschaft, und das Hin und Her durch die Gänge wurde zur Spazierfahrt. Sie kauften im gegenseitigen Einverständnis ein und versuchten den vielen Fallen der Preisabschläge und Rabatte aus dem Weg zu gehen. Alles zwischen ihnen funktionierte auf perfekte Weise, sie waren Adam und Eva im Paradies der Supermarktketten und niemand wäre auf den

Gedanken gekommen, dass sich in dieser vollkommenen Idylle langsam die Langweile und Leere des Überflusses einzunisten begann. Eines Morgens prallten sie in einer nicht signalisierten Kurve mit dem Einkaufswagen einer ahnungslosen Dame zusammen. Der Aufprall hatte zur Folge, dass Pizzas, Milch, Suppen und Würstchen durch die Luft flogen und sich die drei in ein hitziges Wortgefecht einließen und zu diskutieren begannen, wer am Unfall schuld gewesen sei, was wiederum das routinierte Hin und Her der anderen Einkäufer einen Moment lang unterbrach.

Nach mehreren Minuten gegenseitiger Anschuldigungen und Rechtfertigungen kamen sie zum Schluss, dass der wahre Schuldige die Supermarktkette sei, die keine Signalisierung der Geraden und Kurven angebracht hatte. Sie tauschten ihre Telefonnummern aus und beschlossen, sich in der nächsten Woche zu einem Nachtessen zu treffen. Die Lust an lebhaften Diskussionen war wieder da, und die Langeweile, die sie zu trennen drohte, besiegt. Da merkten beide, dass sie nicht perfekt sein mussten, um glücklich zu sein. Es genügt, die kleinen Dinge, die im Alltag auftauchen und einzigartig sind, zu schätzen.

Schlussendlich besteht das Leben aus der Summe dieser kleinen Momente.

Der irische Migrant

«Wenn die Menschen in der Vergangenheit nicht ausgewandert wären, gäbe es wahrscheinlich eine einzige Stadt mit einem einzigen Namen. Dieser Name wäre für uns alle in diesem Saal unbekannt und unmöglich zu entziffern. Ich denke, dass keiner und keine der hier Anwesenden versichern könnte, wie er lauten würde und noch weniger, welche Sprache dies wäre.

Bis heute wissen wir nicht, weshalb sich unsere Urahnen entschlossen haben, zu neuen Ufern aufzubrechen, obwohl unterschiedliche Theorien bestehen, die über die ersten Völkerwanderungen spekulieren. So könnte etwa der Nahrungsmangel, die Aussicht auf ein besseres Klima, interne Streitereien, Naturkatastrophen, die Neugierde oder die schlichte Abenteuerlust dazu geführt haben. Klar ist, dass sich die menschliche Gesellschaft aufgrund dieser Bewegung nach und nach in verschiedenen Modellen zu entwickeln begann, bis sie schließlich die heutigen Gesellschaftsstrukturen mit all ihren Charakteristiken erlangte.

Liebes Publikum, was ich damit sagen möchte ist, dass Völkerwanderungen kein neues Erscheinungsbild darstellen. Dass sie so alt sind wie die Menschheit selber, und wie fast alles im Leben Vor- und Nachteile besitzen. Wie man diese Nachteile überwinden und die Vorteile besser nutzen kann, wird das Thema von morgen sein, hier im gleichen Hörsaal».

Wie in den Seifenopern, die ein bisschen Spannung für den nächsten Tag übrig lassen, beendete ich meinen Vortrag über die Völkerwanderung und ließ den Hörenden eine Nacht Zeit, über das Vorgetragene nachzudenken oder einige Stunden, um zu vergessen.

Professor XXX, der so gütig gewesen war, mich zu dieser Vortragsreihe einzuladen, stieg zum Podium, um dem Publikum für das Interesse zu danken. Er informierte über die nächsten Veranstaltungen und lud das Publikum zu einem kleinen Apéro in einen der vielen Säle der Bibliothek ein.

Wie üblich nutzte ich die Gelegenheit, um ein paar

Gläschen zu trinken und die einheimischen Spezialitäten zu probieren. Ich hörte Unbekannten zu, tauschte mit ein paar Kollegen Meinungen aus und flüchtete dabei letztendlich vor mir selbst.

Gegen Mitternacht fuhren mich Professor XXX und seine sympathische Gattin zum Hotel zurück, erinnerten mich daran, dass sie mich am nächsten Tag abholen würden, um die Bibliothek des Klosters zu besuchen. Sie erzählten mir, dass dieses zu Ehren eines wandernden Einsiedlermönches gegründet wurde, der 610 n. Chr. nach Bregenz am Bodensee gekommen war.

Ich fühlte mich erschöpft, jedoch nicht schläfrig und bestellte daher eine Flasche Rotwein auf mein Zimmer, in der Hoffnung, dass ich durch ein paar zusätzliche Gläser und etwas Lektüre den Schlaf finden würde.

Ich machte es mir im Bett bequem und begann im Buch zu blättern, das mir mein Kollege geschenkt hatte und das ich mit vielen weiteren Erinnerungen an diese Stadt mit nach Hause nehmen würde. Der Titel lautete: «Die Kulturgeschichte der

Abtei von St. Gallen».

Ich schenkte mir etwas Wein ein und begann zu lesen: «Die Ursprünge der Abtei gehen auf das VII Jahrhundert zurück. Ihre bekannteste Figur ist ein irischer Mönch namens Gallus, der sich aus gesundheitlichen Gründen in dieser Gegend aufhalten musste und daraufhin eine Einsiedelei im Wald von Arbon gründete. Gemäß überlieferten Erzählungen trug ein konkretes Erlebnis maßgeblich zu seiner Entscheidung bei, in der Region zu bleiben. Demnach traf er im Walde auf einen Bären und wurde von diesem verschont. Er hielt dies für ein göttliches Zeichen und dank dieses Zeichens wurde es möglich, später ein Kloster zu erbauen, das...».

Plötzlich läutete mein Mobiltelefon, und ich merkte erst jetzt, dass ich es nicht ausgeschaltet hatte.

«Ja?», fragte ich automatisch.

«Bitte entschuldigen Sie, dass ich Sie so spät in der Nacht störe, aber ich war in Ihrem Vortrag und dachte, dass es für Sie nützlich wäre, zu erfahren, dass der Name dieser Stadt und dieses Kantons von einem irischen Einwanderer stammt, der beschloss, sich in dieser Gegend niederzulassen», sagte mir eine männliche Stimme.

«Na ja, um ehrlich zu sein, ich habe es soeben erfahren. Ich blättere nämlich gerade in einem Buch, das ich geschenkt bekommen habe und das von der Abtei handelt», entgegnete ich.

«Ah, die Abtei», rief er aus. Anschließend fragte er mich, ob ich mir vorstellen könnte, dass sich hier Menschen aus fernen Ländern mit anderen Sitten, seltsamen Zeichnungen, unleserlichen Büchern und merkwürdigen Riten niedergelassen hätten, bevor die Region den Namen St. Gallen erhalten habe.

«Selbstverständlich! Vergessen Sie nicht, dass ich aus einem Land Amerikas stamme, wo solche Vorstellungen noch sehr lebendig sind», erinnerte ich ihn.

«Gut, was würden Sie davon halten, wenn diese Menschen bunkerähnliche Gebäude errichten, die Einheimischen davon ausschlössen in ihnen Schutz zu suchen und über einen Mann zu predigen begännen, der Licht und Leben darstellt?».

«Was mir als erstes in den Sinn kommt, ist die Figur des Kolumbus, der von ein paar christlichen Mönchen begleitet, mit einem Kreuz in der Hand, amerikanischen Boden betritt».

«Sehr gut, entfernen Sie Kolumbus aus Ihrer Vorstellung, und es werden Mönche übrig bleiben, die das Christentum predigen, nicht wahr?».

«Ganz genau», antwortete ich, während ich mich fragte, warum ich so spät in der Nacht mit einem Unbekannten telefonierte, der mehr darauf abzielte, mit Informationen zu spielen, als diese zu übermitteln. Ich schaute auf die Uhr, die zwei Uhr morgens anzeigte und entschied, ihm noch einige Minuten zu geben, bevor ich ihn zum Teufel schicken würde.

«Stellen Sie sich nun vor, dass diese Mönche vor viele Jahren einem Volk von germanischen Stämmen nördlich der Alpen das Christentum predigten. In einer Zeit, als das Christentum in dieser Gegend fast unbekannt war und bereits ein religiöses Konzept bestand, das der römischen Kultur überhaupt nicht ähnlich war. Die Germanen, ein Volk der Erde und des Eisens maßen weder der Seele, noch dem Bewusstsein, beides Schlüsselbegriffe im Christentum, viel Bedeutung zu. Auch darf man die Schwierigkeiten nicht vergessen, welche die Übermittlung solchen Wissens und mystischen Gedankengutes an eine Bevölkerung darstellte, die sich wenig für die innere Welt und die Reichtümer der Seele interessierte. Stellen Sie sich vor, wie man Ausdrücke und Wörter erfand, wie man Gefühlen, Gedanken und Konzepten, die es vorher nicht gab oder welche ignoriert wurden, Leben einhauchte. Ein Aufprall zweier entgegengesetzter Kulturen, in der für die einen das Wort Sonne feminin und für die anderen maskulin war. Wo jede Gruppe eine andere Sprache sprach, und es keine Möglichkeit zur Kommunikation gab. Verstehen Sie, was ich Ihnen sagen möchte?».

«Natürlich», sagte ich ihm und wollte gerade hinzufügen, dass ich sehr müde sei und wir unser Gespräch bei einer anderen Gelegenheit weiterführen könnten, als er plötzlich auflegte. Ich schaltete das Telefon aus und ließ mich von der Müdigkeit in die Tiefen des Unbewussten gleiten.

Ich träumte, dass ich mich in einem Saal mit vielen Büchern und Touristen bewegte. Die Bücher waren mit Sorgfalt geschrieben worden und beinhalteten eindrucksvolle Bilder.

Die Touristen, die von überall her stammten, beobachteten und kommentierten das Vermächtnis, das die Geschichte in diesen Ort gelegt hatte mit großem Respekt. Ich erinnere mich nicht mehr genau, wie es dazu kam, dass ich mich plötzlich im Gespräch mit einem Mann befand, der, soweit ich mich erinnere, aus Irland stammte und gerade erzählte, dass er Sullag heiße und sich sehr oft in dieser Bibliothek aufhalte. Der Wecker läutete, und der Traum entglitt mir.

Ich ging nach unten, um zu frühstücken und auf die Freunde, die mich abholen würden, zu warten. Sie trafen pünktlich ein, weder eine Minute zu früh noch zu spät. Die Schweizer Genauigkeit ist so bewundernswert wie eine Uhr. Wir machten einen kleinen Stadtrundgang und begaben uns anschließend zur Abtei. Als wir zum Bibliothekseingang kamen, fiel ich vor Schreck fast in Ohnmacht. Ich befand mich im selben Raum wieder, von dem ich letzte Nacht geträumt hatte. Wie zu erwarten, waren auch die Touristen und die Bücher zugegen. Für einige Augenblicke blieb ich wie hypnotisiert im Türrahmen des Saales stehen, bis mich

Professor XXX schließlich fragte, ob es mir gut ginge. Ich bejahte und betrat die Bibliothek.

Ich erinnere mich nicht genau wie es dazu kam, dass ich mich plötzlich im Gespräch mit einem Mann befand, der, soweit ich mich erinnere, aus Irland stammte und gerade erzählte, dass er Sullag heiße und sich sehr oft in dieser Bibliothek aufhalte. Wie Sie sich vorstellen können, war es derselbe hochgewachsene hagere Typ im schwarzen Anzug, mit weißem Bart und intensiv leuchtenden grauen Augen, der mir in meinem Traum begegnet war. Bevor ich mich wieder fassen konnte, begann er zu erzählen, dass St. Gallen für seine Gastfreundschaft gegenüber Einwanderern sehr bekannt sei. Dass viele Menschen aus sehr verschiedenen Orten dieser Welt durch diese Stadt gereist seien, und dass sie sich gegenwärtig zu einem multikulturellen Ort entwickelt hätte, in dem verschiedene Gruppen aus verschiedenen Kulturen und Sprachen zusammenlebten.

«So etwas wie ein kleines New York», fügte ich nun wieder einigermaßen gefasst hinzu.

«Tatsächlich,» antwortete er und erklärte mir, dass das Phänomen nicht ausschließlich in dieser Stadt in Erscheinung trete, sondern dass es auch in vielen anderen Orten zu beobachten sei. Als ob sich plötzlich die Menschheit wieder selber entdeckt hätte und sich die Unterschiede aufzulösen begännen. «Mehr noch», fügte er hinzu, «die Zukunft wird mehr oder weniger aussehen wie diese Bibliothek heute: Menschen, die von überall her kommen und überall zusammenleben.

Menschen, die entdecken, dass die Erde rund ist, und dass es möglich ist, auf ihr zu leben, wenn die Regeln der Natur respektiert werden».

«Mag sein», antwortete ich ihm, obwohl ich in meinem Innersten bezweifelte, dass das menschliche Zusammenleben so einfach wäre, wie er es darlegte.

«Und Sie, woher kommen Sie?», fragte er und schaute mir in die Augen.

«Aus Guatemala, das in der Sprache der Maya –Ort des Waldes– bedeutet. Ein sehr schöner Ort, wo verschiedene ethnische Gruppen zusammenleben», antwortete ich.

«Leben sie in Krieg oder in Frieden miteinander?», fragte er weiter.

«Leider mehr in Krieg als in Frieden», sagte ich.

«Wie schade, dass der Mensch so dumm und unfähig ist, den Frieden zu genießen», bemerkte er. «Ja, wie schade», bestätigte ich.

«Nun», sagte er, und schaute auf seine Uhr, «es wird Zeit zu gehen».

Da schaute ich ihm in die Augen und sagte: «Ich kenne Sie von früher», unterließ aber zu erwähnen, dass ich ihn im Traum der letzten Nacht kennengelernt hatte.

«Stimmt, auch ich kenne Sie von früher», entgegnete er, während er aus seiner Jackentasche eine Visitenkarte hervorzog und sie mir mit der Aufforderung überreichte, ihn jederzeit zu besuchen.

Auf der Karte stand der Name Sullag und eine Adresse in Peking. Verwundert fragte ich ihn, warum er in Peking wohne, und er antwortete, dass wir in Zukunft in jedem beliebigen Ort leben könnten, und dass ihm diese Erfahrung schon seit vielen Jahren bekannt sei. Anschließend fragte er mich, ob ich denn in Guatemala wohne.

«Nein», antworte ich, «der Zufall will es, dass wir uns in dieser Hinsicht sehr ähnlich sind. Ich wohne in Australien, einem Land der Einwanderer».

«Das sind wir alle, mein lieber Freund, Reisende, Entdecker, Boten oder einfach nur Einwanderer». Zum Abschied gab er mir die Hand.

Ich sah ihn gehen, in seinem schwarzen Anzug und dem weißen Bart im Stil von Sean Connery, so wie in meinem Traum.

Professor XXX und seine liebenswürdige Frau tauchten auf und teilten mir mit, dass wir in einem bekannten Restaurant der Stadt Mittagessen würden. Danach brachten sie mich zum Ort des nächsten Vortrags.

Es wurde eine Woche voller Treffen, Mittagessen, Besuchen und ein reger Austausch von Informationen mit den Kollegen der Universität.

Am Sonntagmorgen flog ich von Zürich nach Sydney zurück. Dabei gingen mir die interessanten und schönen

Erfahrungen der Woche durch den Kopf. Während des Fluges widmete ich mich der Aufgabe, die neuen Adressen auf den Laptop zu übertragen. Die Visitenkarte von Sullag war die letzte, die ich in den Händen hielt. Als ich die Adresse eingeben wollte, merkte ich, dass diese verschwunden war und sich nur der Name Sullag vom weißen Hintergrund hervorhob.

Verunsichert setzte ich die Brille auf und begann, die Karte genauer zu studieren. Doch die Adresse war nicht mehr da. Zunächst dachte ich, dass sich die Müdigkeit einen Spaß mit mir erlaubte und beschloss, die Frau auf dem Nachbarsitz zu fragen, ob sie vielleicht eine Adresse auf der Karte ausmachen könne. Sie war gerade dabei, ihre Lippen zu schminken und hielt dafür einen kleinen Spiegel in der Hand. Sie nahm die Karte, neigte sich etwas zum Licht des Fensters, um besser zu sehen und in diesem Moment widerspiegelte sich die Karte im Spiegel, so dass ich den Namen Sullag lesen konnte, aber umgekehrt.

Da verstand ich plötzlich alles. Den Anruf mitten in der Nacht, den Traum und das Treffen in der Stiftsbibliothek. Sullag war in Wirklichkeit Gallus oder Sankt Gallus, der durch die Zeit zu mir gekommen war oder ich zu ihm, je nachdem wie man es sehen möchte. Wir hatten uns von selber getroffen und über die Vergangenheit, die Gegenwart und die Zukunft gesprochen wie zwei unbekannte Menschen, die sich zum ersten Mal an einem öffentlichen Ort begegnen. Er hatte mich über die Aus- und Einwanderung und deren unergründliche Wege aufgeklärt, während ich, einem guten Schüler gleich, zugehört hatte.

«Wir bewegen uns alle um die Erde, weil wir Kinder dieser blauen Sphäre sind, die von der Unendlichkeit aus gesehen, wie ein Tropfen in einem Meer von Sternen liegt». Dies waren seine letzten Worte, bevor er den Klosterbezirk verließ.

Er hat Recht, jetzt da ich über diesen Ozean aus verschiedenen Blautönen mit dem sauberen Himmel und der glänzenden Sonne fliege, entdecke ich, dass hinter diesem Horizont andere Horizonte stehen, die uns unausweichlich zum selben Punkt des Aufbruchs führen.

Das künstliche Mädchen

«Sie war eines jener künstlich wohlgeformten Mädchen, die man hier so sieht, die Chanel XY schwitzen, wenn sie sich aufregen. Sie sprechen nur mit ihresgleichen, sonst mit niemandem, es sei denn mit Herrn Soundso. Sie sind hübsch, schlank, gut gekleidet, haben einen ausweichenden Blick und ein falsches Lachen».

«Ich bin der Erste, Hochwürden, der bekennt, dass ich mich von der Oberflächlichkeit habe hinreißen lassen. Dass ich glaubte, die Liebe zu einem künstlichen Mädchen daure ein Leben lang, ohne je innezuhalten und über das nachzudenken, was Sie mir in ihren weisen Predigten immer eingeschärft hatten: man darf sich nie vom äußeren Schein hinreißen lassen, weil dieser meistens täuscht.

Ja, Hochwürden, ich weiß, dass es nicht das erste Mal ist, dass ich denselben Fehler begehe, aber Sie wissen, wie erdrückend die Einsamkeit ist, und ich besitze nun mal nicht

Ihre Standhaftigkeit. Stellen Sie sich vor, oft träume ich davon, wie Sie, ein Fels in der Brandung zu sein und ermahne mich immer wieder, nicht erneut derselben Versuchung nachzugeben, und schon falle ich und falle ich, als wäre ich dazu bestimmt, immer über denselben Stein zu stolpern.

Ob ich bete? Immer, Hochwürden, immer. Jeden Morgen, wenn ich die Augen öffne, vertraue ich mich dem lieben Gott an. Und vor dem Frühstück bete ich zehn Vaterunser und zehn –Gegrüßt seist Du Maria–, immer nüchtern. Ja, natürlich. Ich bin immer auf der Suche nach einer Beziehung mit einem Mädchen, wie Gott es verlangt, einer Beziehung, die alle von der Hl. Kirche gewünschten Voraussetzungen erfüllt: miteinander in perfekter Harmonie zu leben und Kinder zu bekommen bis ans Ende unserer Tage. Nun, mit dem letzten Mädchen war es so: eines Morgens, nachdem ich sechs Monate lang mit ihr das Bett geteilt hatte, saß ich am Fenster und trank Kaffee. Als ich sie so auf dem Bauch daliegen sah, einen Teil ihres Gesäßes und ihre Beine mit einem Laken bedeckt, wurde mir bewusst, ohne recht zu wissen weshalb, dass ich es satt hatte, mit ihr zu schlafen. Wie soll ich Ihnen sagen, Hochwürden? Es ist eine sonderbare Erfahrung, wie wenn einer ohnmächtig wird und das Gefühl hat, sein ganzer Körper fülle sich mit Wasser. Ja, Hochwürden. Seltsam, nicht wahr? Lassen Sie mich fortfahren, Hochwürden. Ich beobachtete sie, während ich über unsere Beziehung nachdachte, noch eine ganze Weile, bis ich entschied, mit ihr Schluss zu machen, weil unser Verhältnis, offen gestanden, ziemlich kühl war. Ich streichelte sie, und sie reagierte nicht, blieb immer stumm und reglos wie eine Tote. Ich küsste sie mit Leidenschaft, und sie öffnete nicht mal ihre Lippen. Es war schrecklich, Hochwürden, mit einem solchen Mädchen zu schlafen. Sie haben Glück, nicht mit Mädchen dieses Naturells schlafen zu müssen, Hochwürden.

Natürlich, ich verstehe, Sie schlafen mit überhaupt keinem Mädchen. Wie töricht ich bin, nicht wahr? Ja, Sie haben immer recht, Hochwürden. Es war nicht das erste Mal, dass ich eine Affäre mit einem solchen Mädchen hatte, und ich sollte aus den vorhergehenden Geschichten gelernt haben, dass eine oberflächliche Liebe nie erfüllt sein kann.

Doch das Fleisch ist schwach, und die verfluchte Einsamkeit, Sie wissen das, Hochwürden, lässt einem die Vernunft vergessen. Verzeihen Sie, was haben Sie gesagt, Hochwürden? Ach so, wir sollten aufhören, von der Einsamkeit zu sprechen und uns auf das Mädchen konzentrieren. Gut. Ich fahre fort. Stellen Sie sich vor, dass ich mich, nach Einnahme meiner Dosis Koffein, dem Bett näherte und mich neben das Mädchen setzte. Ich entblößte sie, um ihren Körper ein letztes Mal ganz nackt zu sehen, und ihr Gesäß rief mir das Herz in Erinnerung, welches auf den Valentinstagskarten von Amors Pfeil durchbohrt wird. Sie war schön. Beinahe vollkommen.

Ja, ich weiß schon, dass ich Oberflächlichem große Bedeutung beizumessen pflege, doch werden Sie nicht leugnen, dass sich die ganze Gesellschaft im selben Fahrwasser befindet. Dass für die meisten Menschen in erster Linie das Geld zählt, und dass das Sprichwort «Sag mir, wie viel du verdienst, und ich sage dir, wer du bist» hoch im Kurs steht. Dass bis über die Ohren in Schulden zu leben, seit langem nicht mehr nur

Mode, sondern alltägliche Wirklichkeit ist. Ja, sicher ist es oft so, Hochwürden, dass ich den Splitter im Auge des Nächsten sehe, aber den Balken in meinem Auge nicht, wie des Nächsten sehe, aber den Balken in meinem Auge nicht, wie jeder gewohnheitsmäßige Sünder. Aber Hochwürden, es gibt Dinge, die selbst ein Blinder sähe, über die aber die Mehrheit der Menschen hinwegsieht, wie wenn sie davon gar nicht betroffen wäre.

Dass ich schon wieder ausweiche? Natürlich, Hochwürden. Aber ich bin nun mal wie ich bin. Dass ich mich noch ändern kann? Nun, das zu sagen ist eines, das in die Tat umzusetzen etwas anderes, weil wie Sie wissen auch hier das Sprichwort gilt: Versprechen und Halten ist zweierlei...

Was sagen Sie? Ach so, ich solle aufhören, Lebensweisheiten zu zitieren und die Geschichte mit dem Mädchen fertig erzählen. Einverstanden. Also, wie ich ihnen schon sagte, streichelte ich mit meinen Händen über ihren ganzen Körper. Ich küsste ihren Rücken, ihr Gesäß, ihre Beine, und in dem Augenblick, in dem es den Anschein machte, dass alles wie früher sein würde, entfernte ich den Stöpsel und ließ die Luft aus ihr heraus, bis sie

sich in eine gewöhnliche Plastiktüte verwandelte.

Ja, Hochwürden, ich werde beten und beten, bis mich der

Herr erhört».

Im Halbschlaf

Zwischen heftigen Stößen, Schreien und Fußtritten zerrten sie sie aus ihrem Stall in die feuchte Kälte des Feldes. Die Angreifer schwangen dabei Knüppel und Stöcke und ihre Gesichter, eine Mischung aus Angst und Rage, sahen fürchterlich verbittert aus. Fast so, als hätten sie das Glück nie kennen gelernt oder könnten sich nicht daran erinnern. Als bestünde ihr Dasein aus einer Reihe von Verpflichtungen und Gewohnheiten, die, anstatt das Lebensgefühl zu stärken, es in eine schwere Last umwandelten.

Nach den Erzählungen meiner Lehrerin verbrannten die Volksverdummer und Chauvinisten des Mittelalters jene Frauen, die ihr Anderssein offen auslebten. Um sie auf die Hausarbeit zu beschränken oder um sie aus dem Weg zu schaffen, wurden sie der Hexerei bezichtigt oder als Teufelsanbeterinnen angeklagt. Sie wurden auf dem Dorfplatz bei lebendigem Leibe verbrannt und starben vor aller Augen einen schrecklichen Tod. Ihr Blut kochte dabei wie die Lava eines Vulkans. Wie entsetzlich!

Nun, anfangs des 21. Jahrhunderts wollen sie Flora auf dieselbe Weise loswerden. Sie möchten sie verbrennen, weil sie anscheinend wahnsinnig ist und sich in eine Kranke verwandelt hat, die uns alle anstecken könnte. Doch ich kenne sie gut und weiß, dass sie sich irren. Flora hat nichts Wahnsinniges an sich und besitzt mehr Verstand als diese Typen mit ihren Fackeln und Knüppeln. Die scheinen einem Alptraum entsprungen zu sein.

Wir sind seit langer Zeit befreundet, und sie ist die Einzige, die meine Geheimnisse kennt, auch mein Unglück, wenn mir etwas gut gelingt. Sie hört mir stets zu, kaut dazu manchmal etwas Gras oder bleibt einfach still. Ich weiß, dass sie mich versteht, denn im Ausdruck ihrer Augen ist, je nach dem Inhalt meiner Erzählung, ein Ja oder Nein zu erkennen. Deswegen wurde ich so wütend, als sie sagten, dass sie wahnsinnig sei und sie sie zu unserem Schutz verbrennen müssten.

Manchmal erinnere ich mich im Halbschlaf an die heftigen Schläge, die sie ihr verabreichten, an die Drohungen, sie umzubringen, an meine Schreie und Bitten, sie in Ruhe zu lassen, und wie es ihr trotz der vielen Schläge gelang, sich zu mir umzudrehen und zu brüllen. War es vielleicht ein Schrei des Schmerzes oder des Abschieds? Der Winterwind begann zu heulen, und wir hielten alle inne, als ob der Albtraum zu Ende wäre. Dann verschwand sie in der Dunkelheit.

Arme Flora, wie ungerecht und undankbar Menschen doch sein können, sobald sie ihre Wahrheit und Lügen im eigenen Interesse handhaben. Wenn von den vielen Kühen nur noch Asche übrig bleibt, werden sie sich sagen, dass man sich nicht mehr um BSE zu sorgen hätte, da es ausgerottet sei. In ihrer krankhaften Habgier werden die Menschen fortfahren und weiterhin Farmen in Fabriken umwandeln, wo Kühe gleich Maschinen Milch zu produzieren haben und mit den Überresten anderer Tiere gefüttert werden, um den finanziellen Gewinn zu steigern. Jede Kuh, die aufhört wie eine Maschine zu funktionieren, wird als wahnsinnig deklariert und unverzüglich geopfert, denn die hohe Produktion verschont weder Kuh noch Mensch. Was schlussendlich zählt, ist einzig der Gewinn.

Deshalb schreie ich deinen Namen, Flora, aus diesem leeren Stall, damit dich dieser Albtraum aus länglichen Schatten und leuchtenden Fackeln nicht erreicht, und du weißt, dass ich bei dir bin. Verliere dich in den Olivenhainen, in den Feldern aus Nebel und Stille. Geh hinauf in die Berge und schließe dich jenen wilden und unbezähmbaren Kühen an, die unter dem Mondlicht schlafen. Flieh, während mein Herz bricht und die Tinte in meiner Feder zu Ende geht.

Denn nachher werden weder du noch ich das Ende dieser Geschichte kennen.

Der Zug um Viertel nach drei

Seit Ramón und José einmal im Fernsehen den hochberühmten Torero Manolo Morales gesehen hatten, beschlossen sie, Stierkämpfer zu werden. Die Pracht der bestickten Stierkämpferkleidung und die Art und Weise, wie der Torero mit seinem Umhang die Stiere durcheinanderbrachte, waren zwei Gründe, die Richtung des Schicksals zu ändern. Von diesem Moment an erschien ihnen das Leben ein anderes, und sie entdeckten, dass die Routine durch die Leidenschaft zerschlagen werden kann. Sie warfen all ihre Ängste in die Abfallkiste und beschlossen in ihrer Jugendlichkeit, einmal pro Woche mit dem schnellsten und mächtigsten Stier zu kämpfen, dem Zug um Viertel nach drei.

Es war keine leicht ausführbare Aufgabe, mit dem Stier der Stahlpranken zu kämpfen. In einem Bruchteil von Sekunden musste die Spannkraft der Leidenschaft und die Strenge der Vernunft in Einklang gebracht werden. Sie kauften in einem

Gebrauchtwarenladen einen roten Umhang und machten sich auf die Suche nach dem Zug um Viertel nach drei. José war der Erste, der an einem Sommernachmittag, an dem die Sonne an einem unermesslich blauen Himmel strahlte, den Stier der Stahlpranken herausforderte. Er stellte sich auf den Bahnschienen auf und wartete, bis die Lokomotive mit ihrem langen Wagenschwanz zum Vorschein kam. Der Zug fuhr in die einzige Kurve der Siedlung Santa Maria ein und glitt weiter auf der Suche nach der Geraden, die ihn jeden Tag zum Horizont führte.

Ramón, der sich strategisch gut aufgestellt hatte, war der Erste, der den Zug kommen sah. Sofort versuchte er, seinen Freund zu benachrichtigen, dass der Stier der Stahlpranken wütend näher kam. José hatte ihn weder gesehen noch gehört. Seine ganze Aufmerksamkeit konzentrierte sich auf die Erschütterung der Schienen, die er unter seinen Füssen spürte und auf den Umhang, der wie eine Fahne in seinen Händen flatterte.

Der Zug und José näherten sich vor den Augen von Ramón. Der rote Umhang begann sich der Bewegung des Windes folgend von unten nach oben und von oben nach unten zu drehen. Der Stier der Stahlpranken griff an, und der Stierkämpfer verschwand im Sommerlicht.

Ramón sprang auf und rannte weg, auf der Suche nach seinem Freund. Der letzte Wagen fuhr vorbei, und Ramón entdeckte auf der anderen Seite der Eisenbahnlinie José, der mit seinem roten Umhang einen Zigeunerflamenco tanzte.

Die Erfahrungen vervielfachten sich seit jenem ersten Mal, die Wochen addierten sich, und der Stier der Stahlpranken verlor die Ruhe, mit der er immer auf den Schienen der Routine dahingeglitten war.

José und Ramón kannten nun den Seufzer, der das Leben vom Tode trennt. Sie hatten gelernt, dass es seit dieser Erfahrung unmöglich war, in den unbestimmten Zustand, den die Experten Normalität nennen, zurückzukehren. Mit dem Stier kämpfen, bedeutete für sie, nicht nur den Umhang über den Bahngeleisen zu schwingen, sondern sich über das Schicksal lustig zu machen.

Der Sommer verging, und der Winter kam. Die Hitze der

ersten Kämpfe wurde zur Erinnerung, und der Regen sorgte dafür, die Bedingungen der Stierkämpfer zu ändern; das Lichtspiel wich der grauen Dunkelheit des Winters. Und vielleicht dieser brüsken Änderung der Natur wegen fuhr jenes Mal der Zugführer des Viertel nach drei Zuges, ohne die Geschwindigkeit zu verringern, in die Siedlung ein. Und ebenso ohne in der Kurve zu pfeifen, in der immer ein Stierkämpfer hoffte, die Leidenschaft mit der Vernunft in Einklang zu bringen.

Die Lokomotive fuhr in die Kurve auf der Suche nach dem Stierkämpfer, und der Stierkämpfer breitete den roten Umhang aus, auf der Suche nach dem Abenteuer. Man hörte einen sehr schnellen, trockenen Laut, und nachher war alles ein sanftes und angenehmes Schweigen.

Ramón schlug sich die Hände vor den Mund und begann sich den Daumen zu lutschen. Er war ganz nass und schaukelte in einem privaten Ozean.

Die Schläge des mütterlichen Herzens weckten ihn auf. Er streckte ein Bein aus und begann die Textur des kleinen, seidenen Kissens der Plazenta zu erforschen, an das er mit der Nabelschnur festgebunden war wie ein Schiff am Pier. Ein wenig Fruchtwasser drang in seinen Mund und verursachte ihm einen Anfall von Schluckauf, den die Mutter als eine Reihe von kleinen, rhythmischen Sprüngen spürte. Der Schluckauf hörte auf, und Ramón nahm seine bevorzugte Stellung ein, das Hinterteil unter den mütterlichen Rippen und der Rücken der Länge der linken Seite nach. Er drehte den Kopf, um sein Gehör der Außenwelt zu nähern und bemerkte den Druck des Buches, das die Mutter auf ihren Bauch stützte. Er strampelte und wartete, was geschehen würde. Die Hand der Mutter streichelte den Ort, wo sie die Zehenspitzen spürte, und er, den Sinn des Spieles begreifend, strampelte von neuem. Sie wiederholten das Spiel mehrere Male, bis er das Interesse verlor und einschlief.

Monate verstrichen und die Zeit näherte sich, das Paradies zu verlassen. Ramón hatte schon in den letzten Monaten gespürt, dass sein kleines Heim immer enger wurde, wie wenn seine Mutter ihn umarmen würde. Die Umarmungen

121

wurden häufiger und jedes Mal stärker. Der Prozess, der ihn in die neue Welt führen würde hatte begonnen, ohne dass er es bemerkt hatte. Die Wehen der Mutter beschleunigten sich, und Ramón begann, einen sonderbaren Druck um seinen Kopf zu spüren. Er versuchte sich vom Druck zu befreien, indem er die Stellung änderte, aber es war nicht mehr möglich, seine Welt hatte sich zusammengezogen. Daraufhin klammerte er sich an der Nabelschnur fest und schrie aus Leibeskräften. Der Druck wich, und Ramón tauschte die Welten.

Jetzt liebkosen ihn Hände, und er hört vertraute Stimmen. Er versucht, die Augen zu öffnen und die Gesichter zu sehen, von denen die Laute herkommen. Er blinzelt einige Male, und nach einigen Versuchen gelingt es ihm. Über ihm, genau in der Reichweite seiner beschränkten Fähigkeit, Sachen gut zu sehen, befinden sich zwei Menschengesichter. Fasziniert strengt er sich an, in ihnen die Augen mit ungewissen Blicken zu fixieren.

Die Stimme und das Gesicht seiner Mutter spiegeln sich sofort im Glanz seiner Augen wider, während sein Vater ihn anlächelt. Ein neuer Klang lenkt ihn ab und trennt ihn von seinen Eltern. Es ist der Pfiff des Viertel nach drei Zuges, der sich im Horizont verliert.

Andere Bücher von Manuel Giron

Broken Labyrinth | Short stories | 2015

Short Story with Humor and Irony

«This book consolidates Manuel Giron as a very talented writer and knowledgeable of the genre, with the creative tools to move and leave us thinking with humor, sarcasm and derision; with metaphysical smiles and sorrows of life and death, with animate and inanimate actions, behaviours and intentions within the universe around us; trapping and freeing us according to those environments and our minds».

Mario S. de Leon, University, Leeds

Editions Latines ISBN 9783905930290

洗濯機のアンゴラ猫

ANGORA CAT IN THE WASHING MACHINE SHORT STORIES . JAPANESE VERSION

投機やマネーロンダリングを止めることはできない。汚職は 世界の金融システムにおいて支柱である。そしてアーティスト は、マフィアの手によって現れては消えていく単なる道化役に 過ぎない。

«It was to be expected that censorship would appear at any time.
The greed of those who handle the art market is too big and powerful.
Speculation and money laundering cannot be stopped. Corruption is the backbone of the global financial system. And the artist is a simple buffoon who appears and disappears by the mafia's art.»

Editions Latines ISBN 9783905930436 –eBook

ANGORA CAT IN THE WASHING MACHINE

SHORT STORIES

Humor and irony to enjoy!
«Tokyo at night is extraordinary, and from the heights it looks like a huge sea of lights. Nearby and distant lights seem like drifting ships. Lights that draw the night landscape. Lights and lights that never end.»

«Tamagotchi and I became aliens/extraterrestrials. It was not enough that my pet looked like a lovely puppy, moved the tail amicably or played with the rest of the dogs as one of the herd. A microship instead of a heart, and a stainless steel body was too modern for a world anchored in the past.»

«I would like you to enjoy the "Girón World". "The journey has just begun," he would say with his mischievous smile.»
Makiko Sese

«Manuel Giron flirts with fiction, amazes us with his ideas, approaches and fables, while at the same time keeps his feet firmly anchored in the reality. His short stories constitute a magnificent and pleasant surprise, a compilation of ideas with an undoubted poetic background».

Begoña Peris
Editions Latines ISBN 9783905930467 – eBook

Gato Angora en la lavadora

Es un libro de exquisito humor, fina ironía y deliciosa imaginación para disfrutar en cualquier momento. Una explosiva mezcla del estilo de Charles

Bukowski con el inigualable humor de Woody Allen y la afilada sátira de Michel Houellebecq hace de este libro una pieza exclusiva para iniciados en el arte de ver más allá de la «realidad ordinaria». El autor aborda desde su compromiso creativo escenas cotidianas de la sociedad industrial y las transforma en originales relatos. Su narrativa tiene el encanto de lo inesperado y nos refresca a bocanadas.

Manuel Girón constituye una magnífica y grata sorpresa, una recopilación de ideas con indudable trasfondo poético.»

Editions Latines ISBN 9783905930276 – eBook

Gesichter | Rostros

Kurzgeschichten mit Illustrationen des Autors | 1995

«Alles begann in einer Nacht, in welcher der Himmel Lichter weinte und die Sterne in Bruchstücken herabfielen. Dann
kamen Tage und Nächte eines feinen Regens, der allmählich die Landschaft veränderte».
ALAS Edition ISBN 9783952278406

Ratos Robados | Cuentos | 2000

«Manuel Girón es un escritor muy hábil que como narrador tiene la capacidad de "hacernos creer" lo que va contando, y quizás en ello radica la profundidad del libro. La mayoría de sus cuentos poseen un tono lúdico, son amenos, y geográficamente están ubicados en diferentes lugares».
Juan Carlos Lemus
Prensa libre. Guatemala. 23 de julio de 2000
Gegen den Strom | A contracorriente

Kurzgeschichten mit Illustrationen des Autors | 1998

127

«In Kupertinas Vorstellung war die Welt flach wie ein Teller und wurde von vier riesigen Schildkröten getragen. Nichts konnte diesen Glauben erschüttern, bis eines Nachts, als das Träumen verboten war, sie im Geheimen träumte, die Erde sei so rund wie ihr Kopf und kreise um eine leuchtende Orange herum. Jene Nacht wurde zur längsten Nacht ihres Lebens».

ALAS Edition ISBN 9783952278413

Frühlingssonnen | Soles de primavera

Kurzgeschichten Deutsch-Spanisch | 2003

«In der letzten Geschichte erscheint ihm im Traum ein Fremder, in dem er schliesslich Gallus erkennt; ein Einwanderer, Reisender, Entdecker auch er - und ein Deuter: «Wir bewegen uns alle um die Erde, weil wir Kinder dieser blauen Sphäre sind, die von der Unendlichkeit aus gesehen wie ein Tropfen in einem Meer von Sternen liegt.» Giron nimmt die Umgebung, den Alltag mit allen Sinnen auf. Das sei in Guatemala nicht anders gewesen. Er spürt die Stadt mit all ihren Facetten, hat mit Videos und Fotos dem Stadtpark eine Liebeserklärung gewidmet. Und gleichzeitig nimmt er teil an einem weltweiten Austausch. Er gehört zu den fünfzig Autoren seines Landes, die rund um die Welt leben und sich jede Woche in der größten Zeitung Guatemalas auf einer Forumsseite zu einem politischen oder kulturellen Thema äußern».

Josef Osterwalder
TAGBLATT vom 27. Oktober 2003
ALAS Edition ISBN 9783952278440

Wir sehen uns im Frühling wieder .

Deutsch-Spanisch | 2010

«Dies ist die Erzählung eines Menschen, der sich in einen Bären verwandeln möchte, um den Rest des rauen und kalten Winters, umgeben von Schnee und grauen Himmel, überwintern will. Der ignoriert, dass die Bären von seltsamen Landschaften und Situationen träumen, die sehr wenige Menschen verstehen, denn Träume sind Teil einer anderen Realität. Ein Himmel, der von Vögeln tapeziert ist, die den Tag in Nacht verwandeln, um die Wälder von den elektrischen Sägen zu befreien. Ein kleiner See, der wachsen möchte und blau wie der Himmel sein will. Ein nacktes und habgieriges Tier, dass die Erde zerstören möchte. Ein Träumer, der versucht vor seinem Schicksal zu fliehen».

Editions Latines ISBN 9783905930023

Frischer Wind | Viento fresco

Kurzgeschichten Deutsch-Spanisch | 2006

«Manuel Giron bedient sich einer klaren, einfachen und häufig sogar umgangssprachlichen Ausdrucksweise und macht sich so durch die Frische seiner Erzählungen den Leser und die Leserin zur Komplizenschaft. Ein niederländisches Sprichwort lautet: Den Wind kann man nicht verbieten, aber man kann Windmühlen bauen. In Frischer Wind baut der Autor Windmühlen aus Worten, die vom Wind ein immer währendes Gebet fordern. So wird dieses Buch zu einer erzählenden Erinnerung, einer Gefühlsschilderung, einem gelebten Leben, zu Nostalgie und Hoffnung».

Carolina Escobar Sarti Poetin und Schriftstellerin

ALAS Edition ISBN 9783952278475

Lunas de otoño | Relatos | 2013

Un libro de exquisito humor, fina ironía y deliciosa imaginación.
El autor aborda desde su compromiso creativo escenas cotidianas de la

sociedad industrial y las transforma en originales relatos. Su narrativa tiene el encanto de lo inesperado y nos refresca a bocanadas.

«La narrativa de Manuel Giron constituye una magnífica y grata sorpresa, una recopilación de ideas con indudable trasfondo poético».

Begoña Peris
Presidenta del Club del Libro en Español de Naciones Unidas en Ginebra.

Editions Latines ISBN 9783905930214

Der Zauberer des Paradoxen | 2016

Kurzgeschichte mit Humor und Ironie

Manuel Giron arbeitet mit subtilen Mitteln. Nur ganz leicht tippt er die Glasteile im Kaleidoskop alltäglicher Begebenheiten an, und wir erkennen, dass wir uns möglicherweise gerade am äußersten Rand der Verrücktheit herumgetrieben haben. Es braucht wohl ein Pendel zwischen Welten, um das Doppelbödige der eigenen Wirklichkeit zu entdecken. Die Kurzgeschichten Manuel Girons sind eine Einladung. Betreten wir diesen Boden!

Beat Dietschy

Editions Latines ISBN 9783905930351

Wir sehen uns im Frühling wieder .

Deutsch-Spanisch | 2010

«Dies ist die Erzählung eines Menschen, der sich in einen
Bären verwandeln möchte, um den Rest des rauhen und
kalten Winters, umgeben von Schnee und grauen Himmel,
überwintern will. Der ignoriert, dass die Bären von
seltsamen Landschaften und Situationen träumen, die
sehr wenige Menschen verstehen, denn Träume sind Teil
einer anderen Realität. Ein Himmel, der von Vögeln
tapeziert ist, die den Tag in Nacht verwandeln, um die
Wälder von den elektrischen Sägen zu befreien. Ein
kleiner See, der wachsen möchte und blau wie der Himmel
sein will. Ein nacktes und habgieriges Tier, dass die Erde
zerstören möchte. Ein Träumer, der versucht vor seinem
Schicksal zu fliehen».

Editions Latines ISBN 9783905930023

Frischer Wind | **Viento fresco**

Kurzgeschichten Deutsch-Spanisch | 2006

«Manuel Giron bedient sich einer klaren, einfachen und
häufig sogar umgangssprachlichen Ausdrucksweise und
macht sich so durch die Frische seiner Erzählungen den
Leser und die Leserin zur Komplizenschaft. Ein

niederländisches Sprichwort lautet: Den Wind kann man nicht verbieten, aber man kann Windmühlen bauen. In Frischer Wind baut der Autor Windmühlen aus Worten, die vom Wind ein immer währendes Gebet fordern. So wird dieses Buch zu einer erzählenden Erinnerung, einer Gefühlsschilderung, einem gelebten Leben, zu Nostalgie und Hoffnung».

Carolina Escobar Sarti Poetin und Schriftstellerin ALAS
Edition ISBN 9783952278475

Lunas de otoño | Relatos | 2013

Un libro de exquisito humor, fina ironía y deliciosa imaginación.
El autor aborda desde su compromiso creativo escenas cotidianas de la sociedad industrial y las transforma en originales relatos. Su narrativa tiene el encanto de lo inesperado y nos refresca a bocanadas.

«La narrativa de Manuel Giron constituye una magnífica y grata sorpresa, una recopilación de ideas con indudable trasfondo poético».

Begoña Peris
Presidenta del Club del Libro en Español de Naciones Unidas en Ginebra.

Editions Latines ISBN 9783905930214